U0003710

LOCUS

LOCUS

LOCUS

LOCUS

Smile, please

Smile 98
一言九頂‧親子過招

作者：饒夢霞
插畫：BO2
責任編輯：劉鈴慧
美術編輯：何萍萍
校對：呂佳眞
法律顧問：全理法律事務所董安丹律師
出版者：大塊文化出版股份有限公司
台北市105南京東路四段25號11樓
www.locuspublishing.com
讀者服務專線：0800-006689
TEL：(02) 87123898　FAX：(02) 87123897
郵撥帳號：18955675　戶名：大塊文化出版股份有限公司
版權所有　翻印必究

總經銷：大和書報圖書股份有限公司
地址：台北縣五股工業區五工五路2號
TEL：(02) 89902588 (代表號)　FAX：(02)22901658

排版：天翼電腦排版印刷有限公司
製版：源耕印刷事業有限公司

初版一刷：2011年1月
初版18刷：2018年 4月
定價：新台幣250元
Printed in Taiwan

一言9頂
親子過招

父母的一言九「鼎」VS. 孩子的一言九「頂」，是在放煙火？還是在爆破？

家庭親子超人氣講師

饒夢霞 著

BO2 繪

目錄

自序

頂，是我還有話要說，你們要不要聽

饒夢霞

台灣有句俚語：「囝仔人，有耳沒嘴！」大人總喜歡打斷孩子說、孩子問，煩了會說：「問題不要那麼多，要不然幹嘛人要有兩個耳朵，一張嘴？大人說什麼，聽就是了。」

可是孩子為什麼會頂嘴？為什麼不受教？為什麼不懂禮貌？

那是因為他覺得，在父母或師長過高期待、或自以為是之下，有委屈，卻不讓他表達清楚、講個明白，所以他只能憤憤不平的「頂」回去，用大小聲對抗發洩。

頂嘴，從另一個角度來看，應該是可喜的，表示孩子想要跟父母、師長有所溝通，是因為聚不到焦，雙方各說各話，都不肯靜下來聽對方說，尤其是父母的態度：「你懂什麼？我過的橋比你走的路多，我還不是都為你好！」

　　可是大人的態度氣勢凌人，孩子感受不到「為我好」，是好在哪裡？

　　孩子會反感：你們根本就是為了你們大人自己好、爭面子；你們根本就不了解我，也不想真正的了解我。

　　所以我常在「親職教育」的課程中，提醒父母，不管多抓狂，都要耐心聽聽孩子到底要表達些什麼？

　　近年來，慢慢有年輕一代的父母，願意嘗試用非傳統的親子對待，來和孩子溝通。

　　「不管再忙，在我們家，周六下午、或周日上午，一定要擠出半天，當親子日。」

　　我很好奇他們的親子日都做了些什麼？

　　「就共同完成、或分享一件事呀！孩子可以提他們想要做的一件事，我們一起去做，比方看場他們推薦的電影、逛3C賣場、一起上網幫忙找資料、甚至是組隊上線一起去PK。在他們心情好、不設防的時候，和他們聊老師同學，聽他們說發生什麼好玩的鳥事。」

　　DEMO，一個專有名詞，可以解釋為：「專有的楷模」，父母的身教，就是兒女的DEMO，你給了孩子什麼榜樣，孩子會投射回來給你看。言教容易、身教難！用嘴巴說說，誰

不會說？問題是，聽在孩子耳朵裡，進到他心裡的，是什麼？

　　父母的「一言九鼎」，這個「鼎」字，不是重到沒得商量的權威，而是「分量」；親子兩相溝通而來的「算數」！言教身教之外，我要特別提到「境教」這個詞，也就是說，父母要爲孩子，營造一個什麼樣的教育環境？

　　一個良好的教育環境，不是金錢、物質、所堆砌出來的，不是看上不看下，而是讓孩子看到多元的社會層面，懂得感恩與包容，不要用出身去論斷一個人，要孩子學會交朋友，在意的是朋友們的言行舉止，教孩子從社會染缸中，怎樣選擇朋友、當人家的朋友。

　　在我女兒小的時候，放假日，只要她們同學或鄰居小朋友願意，都歡迎來我們家進進出出，不同成長背景的孩子來來去去，在他們回家後，我會和女兒們討論這些來玩的孩子，哪些值得學習，哪些是不要犯的錯誤，將心比心，孩子一定也感受到，不希望留給別人不好的印象。

　　這種親身體會式的教育，給孩子很好的啓蒙，比我們大人光用嘴巴說，要有說服力多多了。

　　言教，在情在理之外，別忘孩子也有自尊心，大人或許說者無心，孩子會聽者有意。

身教，溝通、妥協、達成協議、然後彼此遵守！談判這門藝術，也是大人的功課。

境教，父母無法陪伴兒女一輩子，不是說在家靠父母，出外靠朋友的嗎？與其抱怨孩子交哪種朋友？何不退一步想，能給孩子什麼樣實質的幫助呢？

我們都認為，當父母的要說話算話，話說出了口，就應該言出必行。一言九鼎的「鼎」，自古以來「鼎」代表君王、或是權威的寶物，所以很多父母，就像鎮家宅的一口「鼎」；決定的事情，說了就算，沒什麼可商量空間的。

可是放眼時下，就有重新討論的必要！

為什麼很多家長要抱怨：我不過才說「一」句不中聽的話，兒女馬上「九」句帶鉤帶刺的回嘴，就咻～咻～咻～飛射過來，什麼時候開始變天的？父母的「一言九鼎」被兒女的「一言九頂」過招了？

如果為人父母，是如一句廣告台詞說的：「我是在當上爸爸之後，才學會當爸爸的。」太晚了，真的太晚了！應該在你決定即將進入婚姻中，預想到未來，須考慮到的是：一個完整家庭，對小孩的定義是什麼？

是爲了給誰一個「傳宗接代」的交代嗎？還是因爲「彼此相愛」，而要有共同新生命的延續？即將步入婚姻的你或妳，已經有資格做「成熟大人」了嗎？

話說多年前，我的小女兒還在念小學三年級，想跟她大六歲、讀國中的姐姐借件「像大女孩穿的」漂亮衣服。

姐姐卻說：「不行，這件衣服是我的，我很寶貝，妳很粗魯，不借！」

「求求妳借我，拜託啦！」

「不行就是不行，妳要是弄髒弄壞了怎麼辦？」

「我賠妳嘛，妳這件多少錢？」小女兒很不甘示弱。

「五千！」姐姐不假思索的說，其實她的目的，只要嚇住妹妹，打消她的念頭。

「五千就五千嘛，反正我從小存的壓歲錢，在銀行有三萬多！」

無話可推的姐姐只好心不甘情不願的說：「那好吧，妳借吧，弄髒要賠喔！」

興高采烈穿出門的妹妹，樂極生悲，衣服不小心弄髒，還勾到了極不明顯的脫線。

　　暑假結束要開學了，依照慣例，我會檢查姐妹倆的存摺，一發現小三的妹妹，半年前竟然有一筆一千塊的支出，這對小孩來說不是小數目，非追查一下不可。只見妹妹很委屈的說：「我不小心弄壞姐衣服，姐要我賠五千，可是一次提五千心很痛耶，所以跟姐商量，用分期付款的，每半年還一千，慢慢還，不讓媽媽知道。」

　　一筆五千塊錢欠款分三年還？乍聽之下好氣又好笑，這老大當姐姐的，也太欺負妹妹了。

　　「妳哪件衣服那麼貴？要五千塊錢啊？」這事老媽我非管管不可。

　　只見姐姐賊賊的一笑：「妳知道嘍？妹還欠我四千呢！」

　　看姐姐手上拿的衣服，哪值五千呀！

　　「妳老實說，多少錢買的？」

　　「三百！」姐姐很得意，妹妹卻快哭出來了。

　　「三百？妳竟然敢跟妹妹說賠五千？」簡直是土匪投胎嘛！

　　「這不在於衣服多少錢。」姐姐理直氣壯得很：「妳不是從小就教我們，做人要言而有信；要五千塊錢，是在於妹妹當初自己答應；她講話，要不要有信用？」

一頭霧水的似是而非？

「妳說這衣服在哪買的？媽媽去買一件一模一樣的新衣服賠妳。」

姐姐笑得詭異：「那家店倒了。」

什麼？看樣子，是跟妳媽槓上嘍？

「那我去剪塊一模一樣的布，找裁縫做一件一模一樣的衣服賠妳。」

「好呀，妳去呀！」姐一撇嘴：「妳自己都忙得沒時間逛街，還找布咧？」

我腦門開始轟轟作響，火氣直冒，看來老大是要拗到底，不肯妥協了。

過沒幾天，老大參加英語演講比賽，得了南台灣的第一名，聽說是這所高中創校以來，校外比賽的最高榮譽，老大心情特好。看在老媽眼裡，此時不順便擺平五千塊錢紛爭，更待何時？

於是我錦上添花地跟老大說：「教育部送妳的圖書禮券三千元之外，媽媽再加現金一千！」等老大眉開眼笑把錢拿在手上，我趕緊追加一句：「妹弄壞衣服的事，就算了吧！」

沒想到老大馬上把錢塞回來：「我不要一千，我要四千。」

　　那一陣子，我在社區大學授課，教一班婆婆媽媽們「親職教育」的課，我的悶悶不樂，讓她們很關心，我就把五千塊錢賠一件衣服的事照實說了。

　　「喂，老師！」一位有了年紀的媽媽說：「妳教我們的時候不是說，只要不是傷害到身體的行為，孩子的事情由孩子們自己去解決嗎？」

　　當頭棒喝！

　　於是當晚，把小女兒帶到書房，抱她坐在腿上。

　　「妹，妳真的要把五千還完嗎？」

　　「嗯！」小女兒用力地點點頭：「媽咪，看妳和姐為我的錢吵架，我也會良心不安耶。」

　　這麼嚴重？小四就知道啥是「良心不安」嘍？

　　「妳可不可以帶我去銀行，一次領四千還姐啊？」

　　「可以分期付款又不要利息，妳幹嘛一次還清啊？」這傻小孩。

　　「可我一直做噩夢，姐像巫婆一樣，一直兇巴巴的追我，說四千還來、四千還來，我還是趕快把四千統統還完好了。」

　　老實說，第二天陪妹妹還錢時，看姐姐一臉的得意樣兒，我還真想沒風度的把四千塊錢，直接往她身上砸。這個發生

在自己女兒身上的小故事，讓我事後心平氣和時回想：

言而有信，不是我們做父母從小耳提面命教孩子的嗎？

父母親自己說的、教的，到底算不算數？

當初怎麼教，是不是就該言出必行？

如果，是連自己都做不到的，是不是就不要說了？

是不是別要求孩子，必須要達到一個，連父母自己都到不了的標準？

然後，還用父母權威，去強制孩子「認錯、檢討」！

親子間，其實有來有往的做溝通，類似談判，是不是該站在平等點上談？是不是也該保有一個妥協轉圜的空間？我想沒有父母，是寧可要逞一時之快地贏面子，而卻輸掉一輩子的裡子（孩子心）吧？

一個討厭讀書的國三中輟生，父母都受高等教育，爸爸是知名大學教授，媽媽是通過高考的公務員，為了挽回兒子，他們鼓勵兒子說：「如果你每天都去上學，上到基測考完，而且兩次基測都有去考，一考完，我們就送你去美國玩一趟。」

小孩的眼睛都亮起來了：「那是說，我有可能，可以去

聽到 Lady Gaga 的演唱會嘍？」

　　Lady Gaga，這孩子的超級偶像，瘋狂的收集著 Lady Gaga 的一切，可是父母看 Lady Gaga，很負面，又太愛作怪了，不知道哪點值得孩子瘋迷？

　　基測滿分是 412 分，這個自暴自棄，一向基測只考七八十分的孩子，竟然可以爲了 Lady Gaga 拚到 230 分，不但有學校念，還眞的有盡力在拚！

　　可是，當他把基測成績交出來，父母卻你一言我一語的說：「才 230 分？機票食宿零用錢加一加，你去一趟美國要花多少錢？等拚上大學吧，上了大學，你要出國，我們也比較放心！」

　　戛然而止的計畫，這對父母用他們的思考模式：「等拚上大學吧，上了大學，你要出國我們也比較放心！」好像說得在情在理，可是聽在孩子耳裡，做何感想？雖然父母出發點是好的，是基於鼓勵，但他還能再相信父母的話嗎？

　　這是讓我很遺憾的輔導 CASE，因爲我也覺得這孩子，有盡力達成了父母的要求。

　　如果當初，父母是別有考量，就不該畫這麼大的餅！讓一個努力從輟學谷底爬上來的孩子，受到來自父母很大的傷

害。我現在還在持續地輔導這個孩子，我也不知道該怎麼跟孩子解釋，讓這個說大不大說小不小，處在叛逆期的他，能「諒解」父母親的動機想法？

這男孩有個很傑出的哥哥，是父母的驕傲，雖然父母親雙雙是高級知識分子，但總在人前人後相提並論兩兄弟，講話的態度，兩相比較的語氣，一直在傷害孩子而不自知：「要不是看你哥哥那麼優秀，想說再生一個來湊對。早知道你是這個樣，就不要生你了。」對一個已經十四五歲，卻常一再聽到這句評比話的孩子，多傷人！

孩子也是個人，具體而微的小大人、大小人，不能再以傳統的權威去摑壓孩子，「平等看待」、「公平對待」，是父母要學習的功課。台灣的父母非常愛比較，現在孩子生得少，自家沒得比，就從班上同學開始，比到親戚朋友家，左鄰右舍家。

我自己的兩個女兒，雖然生在美國，同父同母教養，但一個回台灣時九歲，很多事都已經有了自己的看法；一個三歲，對人對事的觀感才開始建立，差別就出來了。所以我便戲稱小女兒是 MIT，Made in Taiwan；而姐姐則是西化的 American style。

　　回台灣十多年了，一直很沒辦法接受台灣父母的兩種文化：

　　一個是很愛念，一件事可以碎碎念很久，還會自動「倒帶」不時繼續溫習。

　　一個是愛比較，自己打腫臉都做不到的，也要孩子去充胖子，就爲了自己輸不起。

　　蘋果跟橘子不能比，香蕉跟芒果也是不能比，每個孩子都有自己的特色，儘管是同一家工廠「製造」和「品管」出來的，也是一樣道理。

第一章

澎湖來的絲瓜VS.龍鬚菜

很多媽媽都有這樣的經驗，在孩子剛學會吃飯的時候，一頓飯餵下來，別說從熱騰騰拖拖拉拉到飯冷菜涼，光是一口飯菜含在嘴裡大半天，不吞下去就是不吞下去。連哄帶騙的餵一頓飯，得滿屋子追著跑，簡直是在挑釁媽媽們的耐力持久戰。

　　小時候，大人要是強迫孩子吃他不愛吃的東西：「噗！」的一聲，孩子會毫不考慮、很不給面子、直接就給吐了出來。長大了，光是一個三餐的營養均衡與否，都會是親子日常戰爭的導火線之一，傷腦筋的是，越是大人頭痛的垃圾食物，小孩越愛。

　　健康，是很多父母對孩子，排名第一的最在乎，沒了健康，這個重要基礎的「第一」垮了，什麼功名利祿、什麼幸福美滿都可能歸零。在孩子一路成長的過程中，在三餐飲食

上，父母再忙，也要多花心思去教，教健康是怎麼吃出來的？

　　飲食習慣攸關孩子一輩子健康，算是爲人父母要最「苦口婆心」的堅持，哪怕要威脅利誘，但這樣的苦口婆心，還是要講道理的。有父母親會埋怨：「我怎麼說，都被當耳邊風。」那是不是說的方式，沒有嘗試溝通？直接用「命令式」的碎碎念，下聖旨，能讓孩子認同嗎？

　　澎湖的絲瓜，有人稱之爲「角瓜」，因爲細細長長的瓜身，有一條一條的稜線，下次數數看，一共十條，「十稜」的台語發音，諧音很像「雜念」。抓重點，略施小惠利誘，要培養或糾正孩子小時候飲食的習慣，用心智取，並不難。

　　1995 年，有一本很轟動的書問世，書名只有兩個英文字母 "EQ"，作者是一個美國教授丹尼爾・高曼，他說決定一個人成功的因素，不在他的 IQ 有多高，而是他待人處世的應對 EQ 有多少？EQ 有個公式，情緒管理＋人際溝通。

　　如果從小能透過溝通教孩子，怎麼表達自己想說的，哪怕是生活上的吃吃喝喝等瑣碎習性，都是管理情緒學習的課題，將來他的人際關係必佳，不管從求學、或出社會，一路面對挫折，也都能從容應對。

　　在我們身邊不乏很受歡迎的人，大家喜歡接近他，他的

才華、能力，都能充分顯露，這人想必就是情緒管理得當的人。

EQ 的內涵，有五大指標：
一、適應力佳。
二、受人歡迎。
三、自信心高。
四、獨立感夠。
五、富冒險性。

記得剛從美國回來，我也很想知道女兒們面對新環境的接受度與包容性有多少？願意嘗鮮的力道有多高？是不是能有符合 EQ 的指標特質？

台灣有種龍鬚菜，是美國沒有的，我便決定拿龍鬚菜來測試女兒們，是否富有適應力和冒險性？這種蔬菜老實說，我也不會調理，聽說脆脆的不錯吃，只是有黏黏的奇特口感，有些人會排斥，所以我還特別請教賣菜的阿婆，要怎麼炒好吃？

「炒薑絲，如果有破布籽加一點，會更好吃。」阿婆可

熱心呢。

看吧，我這做媽的，也是有在以身作則的嘗鮮和冒險做新菜色，這麼努力做身教，小孩會看得見，多少也該會捧捧場的，小孩精明的一面，是超乎大人想像的？

菜上桌了，兩雙眼睛瞪得像牛眼：「這、這是什麼啊？」

「台灣特有、超營養，口感一級棒的青菜，這可是媽媽一發現，這種菜對身體健康很好，就趕快去學的新手藝喔，趕快幫嚐一口看看，媽媽炒得如何？」

兩姐妹對看一眼，伸出了筷子。

有的孩子很排斥去試沒有吃喝過的食物飲品，一口就回絕，這隱藏著孩子不願意嘗試、跨出從沒跨出的一步。這種狀況下，我覺得父母親就要不惜威脅利誘、軟硬兼施，如果孩子都不為所動，這麼固執的孩子，可是家長們要有所警覺的低 EQ 指標，這可不是什麼可喜的事。

如果，我們跟孩子先說了：「你先嚐嚐看，如果真的不喜歡吃，爸爸媽媽一定不會再強迫你，一定要再吃一口兩口、你先吃一口就好。」

好，問題來嘍，爸爸媽媽們，要不要說話算話？

有些父母，會不管孩子感受的說：「明明就很好吃，哪

有難吃？小孩哪挑剔那麼多？叫你吃就吃！」

　　一個願意敞開心胸，接納新事物的孩子，將來長大，對多元文化觀、或新奇資訊學習等，不會先自己畫框框設限：這東西不曾在我生活經驗中出現過，一定挺麻煩的，我還是少碰少懂省事，少給自己找麻煩的好。

　　可是人生一路上，視野的開拓，不是都需要不斷多觀察、多學習、才能有進步的嗎？如果這個孩子，你再怎麼鼓勵他，尤其是在吃的方面，他都拒絕接受，父母真的就要好好正視問題背後所隱藏的深意。

　　雙薪家庭現在很普遍，職業婦女真的也很辛苦，就算不能天天下廚，一有周假日，建議不要再外食了。就幾樣簡單的家常小菜，大人小孩一起點，一起採買一起做都可以，要的是親子間的凝聚力，要的是在輕鬆歡樂的氣氛中，用天倫之樂，安頓一家人的歸屬感。

　　來自職場的競爭與壓力，也許會讓你回到家，累得連話都懶得多說，用錢打發孩子的三餐，很方便，但是妳會相信，孩子會拿著錢去吃得營養均衡？會三餐定時定量地吃？孩子真的會把餐錢花在吃飯上？還是挪去它用？比方省下來買些有的沒的，或是泡漫畫屋、買 game 的點數卡、上網咖……

等等等。

　　我常問爸爸媽媽們說：「你多久沒和孩子同桌吃過飯了？小孩的胃口好不好？他特別喜歡吃什麼？討厭吃什麼？偏食挑嘴嗎？」現在還有多少父母，能如數家珍似的娓娓道來？

　　只要坐上飯桌，要的是一個和樂的用餐氣氛，千萬別一開口就追問：

　　「這次考試成績是進步還是退步呀？」

　　「叫你不要交×××那樣的朋友，怎麼老說不會聽？」

　　「花那麼多錢補習，你都補到哪去了？」

　　這不像在「用餐」，比較像批鬥、審訊吧？這樣一餐，保證孩子食之無味、如坐針氈，大人也沒好臉色，至於吃下肚的是什麼？好吃嗎？誰在乎了？大家都聽過一句話：「呷飯皇帝大。」飯桌，不是耍權威的地方，搞得大家一起腸胃不舒服。

　　如果一定要問學校的事，第一，請用開放句；第二，不要開口閉口不離分數。什麼是開放句？比方：

　　「今天你們球賽打得怎樣？對手表現得如何？誰贏呀？怎麼贏的？」

「那個很搞笑的安親班主任，現在還這樣教功課喔？」

「最近還常搭到那個對乘客很好的司機的公車嗎？有跟他說謝謝嗎？」

如果，父母真的忙到沒辦法和孩子一起吃晚飯，那麼就辛苦些，早點起床，陪陪孩子吃早餐吧，總要讓孩子能看到你，即便是說一會兒話，道聲：「早安！」都能讓孩子知道你是關心、在乎他們的。

第二章

就是愛LOGO

當你很生氣的從垃圾桶中，看見沒被毀屍滅跡成功的服飾吊牌時，請先深呼吸再深呼吸，省得自己先腦充血……

當大人的，就是永遠搞不清楚，衣服不就是要蔽體嗎？要保暖嗎？為什麼只不過是一個 LOGO、一個 Mark、一個標誌，卻要多花好幾倍的價錢？

我想這個時候，不管再怎麼說，孩子總有理由頂你，因為這個叫做 Fashion，Fashionable，追求時尚，那我們該跟孩子怎樣的溝通呢？

現在的孩子非常迷名牌，所以父母會匪夷所思：「怎麼可能花差一點零頭，就兩萬塊錢，去買兩件我從來沒聽說過的牌子，叫×××的牛仔褲？」

你會很訝異這是什麼褲子這麼貴？當你很生氣的從垃圾

桶中，看見沒被毀屍滅跡成功的吊牌，拿到這張吊牌，火速質問孩子時，卻見她氣定神閒的說：「老媽，這種材質的牛仔褲平常只能買一條，我還算是佔便宜，因為我憋到打折才買，買到了兩件，兩件耶，我還多賺了一條！」

如果用數學的角度來分析，好像她說的也很有道理？

可是我們當大人的就是永遠搞不清楚，為什麼只不過是一個 LOGO、一個 Mark、一個標誌，卻要多花好幾倍的價錢？

從小，你教孩子如何去做金錢的規劃了嗎？

還是用錢，在彌補沒時間陪孩子的虧欠？

還是以為，用錢打發孩子，是既輕鬆又滿足自我的一種成就感？

這幾年，我參與了很多親子教育的演講，發現這個風氣有在慢慢形成，就是年輕一代父母們，會訂一個親子溝通日或是家庭會議的時間，可以把這個父母親所關心、所在意的問題提出來跟孩子做個討論。

如果要額外添購自己想要的行頭，要嘛、就是從你的零

用錢裡面去周轉張羅，若是要申請父母「支援」的話，可以實報實銷，但是額度要 negotiable，要在可以商量的範圍內，家裡的支出用度，是有預算的，不能隨性搞透支，大人小孩都一樣。

規矩、紅線，如果沒先畫清楚，就很容易造成我們講一句，孩子頂我們九句。然後都動了肝火，時下孩子的口頭禪：「你腦殘啊！」、「又不是智障、話都聽不懂？」、「想太多老的快，是你自找的！」這些話聽在耳裡，大概滅不了火，還會氣死老百姓。

記得女兒讀國中的時候，惡作劇的男生會過來從後面、隔著衣服猛拉一下 Bra 的肩帶，然後彈回去，ㄅㄧㄚ的一聲，滿痛的咂。孩子回來抱怨的時候，我氣到說：「聯絡簿拿來！我非要把這個事情寫起來，告訴你們導師不可！哪有這麼不尊重女生的？怎麼可以這樣！」

她說：「媽媽，尊不尊重還在其次，更過分的是，他拉完我的肩帶還去拉別的女同學的肩帶，然後回來跟我說，妳那個胸罩應該不是什麼名牌，彈性很差，人家誰誰誰的胸罩彈性很好，ㄅㄧㄚ回去那力道好強喔！妳這是不是菜市場買的？媽，妳看，都是妳啦，拜託妳，以後就不要再去菜市場，

替我買胸罩了！」

可連我自己也穿「菜市場牌」呀，我一向都是這樣，也不過就是一件貼身衣物嘛：「可是媽媽也不知道要買什麼名牌？」說得心很虛。

「有黛安芬、華歌爾啊。」

我說：「那不是都是名牌？很貴的！」

「就是要那個質料才好！」女兒反過來還將我一軍：「妳們這種年紀大了的女人，受地心引力的影響，胸部都下垂了，還去菜市場買那個什麼三件五百塊的，能看唷？」

當時真是啞然，無言以對的超糗又窘。

我就在想，為什麼現在的孩子這麼迷名牌？

一來也許是拜這個電視、傳媒一直打廣告刺激消費之賜；二來可能是同學之間愛比較，所以這個問題，其實也不是父母所想的那麼單純。如果父母親跟學校，能雙管齊下，讓孩子有正確的認識：自己還沒有能力賺錢，都還在家庭的預算中「過日子」，生活是不能看上不看下的「拚名牌」。

孩子也沒大人所想的那麼不可理喻，如果當他們是你平輩朋友，也是可以跟孩子好好溝通的：「我們多久添購一次衣服？是換季？農曆年前？或是你的生日？我們可以買的金

額是在多少到多少之間，超過就要自己想辦法存錢支付。」

跟孩子有一個溝通的平台，遠比他瞞著你偷偷去買，然後事後當你發現的時候，就怒不可抑的責斥孩子：「呷米不知米價」、「奢侈浪費」、「活該父母就得當提款機？」……我想這些情緒性言語，就是很不必要的鬥嘴發洩了。

現在有不少家庭算中上，經濟環境滿富裕的，加上現在孩子生得又少，孩子如果要什麼，多能予取予求。有一次，我跟孩子的爹到美國去看小孩，發現才兩姐妹怎麼鞋子那麼多雙？閒來無事趁著兩姐妹都去上學，一個上大學一個上高中，我跟先生就打開衣櫥、鞋櫃，還跑到她們的房間去清算。

我們純粹只想算她們到底有多少鞋子，聽起來真是嚇人，妹妹大概十幾二十雙有，我覺得還 OK 正常，姐姐一個人，居然鞋子可以將近百雙，這怎麼說？原來是同一款式不同的顏色的，她全部都要買齊，她說這個要搭配衣服，這樣才炫，這樣才拉風，這樣才夯，光那個靴子大概跑不掉也是二十多雙。

回頭看看老媽我自己，只有一雙短短的紅色靴子，穿了 N 年了，孩子爹邊搖頭以促狹的眼神，讓我無耐又氣又好笑。

為什麼非把顏色買齊？有這樣子的必要嗎？我想了很久

搞不清楚。慢慢站在孩子的角度去思考，我想，不管基於一個搭配，還是基於一個新奇，還是基於一個想炫耀的心理，她可能會認爲 the more, the better，越多越好，可是她完全沒有想到四個字，叫「量入爲出」這個觀念。

　　我們就跟孩子溝通：「是不是也夠多了？還是說，妳買的時候，妳就應該把一些七八成新的也銷售出去？或者轉送朋友？或者汰換掉？買一雙回來，就放一雙走。」

　　這個策略是從先生那邊傳過來，因爲先生看著我的衣服這麼多，其實衣服多，我幾乎沒有自己去買過，要不是疼愛我的長輩幫忙買、就是學生知道我的尺寸大小，看到合適的也會幫我買，當然我要付錢給學生。

　　可是我先生很受不了，說我們女生的衣服永遠都是缺那麼一件，或是整個衣櫥裡面，大概女生衣物就霸佔一半以上，甚至超過三分之二！這也是件很麻煩的事，也許也是我們做父母親的沒有「以身作則」做好，幹嘛需要那麼多衣服？所以我的先生很早就力行，如果有一件新衣服要進駐衣櫥，就要送一件到那種放回收衣物的資源回收櫃子裡，讓有需要的人回收。

　　我們想跟孩子傳達的是：人的慾望無限，現在妳還不到

能經濟獨立的時候，這樣的花錢態度是有問題的。如果經濟獨立了，妳有本事賺錢滿足自己需求，愛怎麼花錢，那也是妳們自己的事，但是現還在求學成長過程當中，花的錢不是妳賺的，而是妳要能夠在這個階段，學習規劃用錢。

如果要自己，做一個真正所謂的大富大貴的人，應該也不是在於這個外表的絢麗打扮而已，重要的是，能有一個讓財源滾滾的腦袋吧！所以「財從勤中得」，越是勤奮努力的人，孜孜不倦地充實自己，越能開創自己無限潛能，這才會是真正人生富裕的贏家。

當然也不是教孩子當「琉璃公雞」，因為「鐵公雞」還能刮些鐵屑屑下來，「琉璃公雞」則門都沒有得刮。太過節儉會被人家說成吝嗇，那如果是完全不知有所節制的話，就叫揮霍無度。如果他日後這個父母親的靠山沒了，沒有辦法繼續供應了，想必會是「由奢入儉難」的淒慘地步。

所以在這點上面，如果我們父母親只是在跟孩子光說教：「你不要浪費！你不要盲目追求時尚名牌……。」我覺得不如跟他們講一些「你不理財、財不理你」的觀念。學習投資，也是國人父母很少會從小栽培孩子的「生活教育」。

現代父母親，我想最難跟孩子討論的兩大項，第一項就

是有關於 SEX！跟孩子如何談 SEX？有沒有很尷尬的經驗？從小小朋友很小年紀的時候，會出其不意的問說：

「我是從哪來的啊？怎麼會有我呢？」

「我為什麼是從馬麻肚子裡出來的？為什麼不是從爸比肚子出來的？」

「那我又是怎麼鑽進去肚子裡去的？從哪鑽進去的？」

很多好奇，會打敗父母，金星滿天飛。

這個是有關 SEX 方面，當孩子慢慢長大，哪天他想到了，還是會追問：

「為什麼你們會選對方結婚？」

「你怎麼知道下一個不會更好？」

「拜託喔，下次結婚幫子孫多考慮一下。」

等到孩子真的談感情，有問題了，還願意跟父母講心事，你真可以先去放串鞭炮，普天同慶一下：你家親子溝通一級棒！

這種 sex and love 不但光有「性」，還牽涉到「性愛」，牽涉到「如何真正去珍愛一個人」，一般的父母親都很難啟齒，這個議題，也因為在東方社會，更形隱晦曖昧不清，很多家長都不願意在這方面多花一點時間去談，或是他們也想

嘗試，可是不知道用什麼方法來啓齒。

　　第二項，我覺得大概最難的議題，就是有關於錢的運用、規劃。所以我很希望透過這本書，能夠呼籲家長們，有沒有辦法，很堅持的要孩子從國小高年級、或是國中，就可以養成做財務支出或記帳的一個習慣？

　　讓孩子知道他的錢，會不會花在某一個部分太過？一定要有個百分比的收支概念，這百分比的概念，可以一直陪伴他長大成人，懂得財務槓桿原理。前幾天聽到學生說，他們因為宗教信仰的關係，每個月不管是單薪還是雙薪，都要將所得的 10%，貢獻給隸屬的那個宗教團體，其實這也不是一件容易的事。

　　同樣的我們也可以把百分之幾的觀念跟孩子講，每天一睜開眼，生活上跑不掉的食衣住行育樂開銷，佔我們家庭總支出的百分之幾？這樣子是不是也讓孩子從小，就學到這個名言叫做「財從勤中得，富由儉裡來」。

　　消極的孩子，至少知道錢財的來去，知道生活是很現實的，花錢容易賺錢難。積極點的孩子，可以做好的規劃，就知道百分之多少是可動支，百分之多少要做儲蓄，要留一點以防萬一急用的彈性空間。

　　比方說，我去年才買過厚重的多衣，所以今年的多裝不用添置，去年買的應該還可以穿，或者是說一直從來沒有去過海邊，有同學約去海邊，我要添加泳衣、泳帽、蛙鏡，等有的沒的……這些都是可以跟孩子一起規劃的花錢。

　　名牌、時尚幹嘛用的？那個創造出來的流行，無非是要刺激「巨額」消費，但前提是，你自己有沒有這個消費的本錢？如果沒有的話，就應該要學會量入為出的節制。為盲目追流行、搶時尚而背債，這樣的人生也太可議了。

　　我自己是生長在四〇年代的軍公教家庭，以前真的連第一套洋裝，都是讀了高中以後，爸爸才帶我去遠東百貨公司買的。那時候我覺得好貴，為什麼不去夜市買？可是爸爸的觀念就是在這種百貨公司買的，牌子比較有信用，倒也不是迷名牌，那個時代大概都沒有什麼人在迷什麼牌子吧，而是「實穿、耐穿」，一件貴點的衣服，可以穿很多年，穿到「夠本」的。

　　我那件洋裝真的陪我陪了好多年，都就業了，看看還能穿，就捨不得淘汰。想到父親以前的觀念，其實是很正確的，我們家境不是很好，平常都是穿制服為主，有件「門面」的衣服，又可以穿很久，是必要的。

　　後來自己有小孩，反而是學校要求什麼兩天制服日、兩天運動服日、哪一天便服日，為了那個便服日，孩子是絞盡腦汁、一直想要穿很漂亮、很出色的衣服和同學比，反而讓我們這些父母親傷腦筋，覺得還是制服的好，不用花那麼多心思打點。

　　所以有關衣物服飾方面的花錢法，我的感覺是，這不是不能談，我們大人可以偶爾滿足一下孩子對於追求時尚、追求名牌的渴望；那是偶爾，有但書附加的，是要當作一個 reward、獎賞的鼓勵，跟孩子說：如果你真的能達到怎麼樣的一個表現，我們可以幫忙圓夢。

　　像這次我暑假到美國去，就有一個國三的孩子升高一了，從台灣 e-mail 到美國，連寫帶畫了一個圖，他把那個 logo 圖標出來，說叫我幫忙找這件、找那件，我對名牌都沒有概念，所以還問我女兒，她說：「媽，這個 American Eagle，美國老鷹這個櫃，還有 Hollister。這個都不便宜，這隨便一件襯衫都是五六十塊美金。」

　　五六十塊美金，那是合台幣多少？我說那個品質一定很好，女兒倒是不以為然：「媽媽，他們就是賣個品牌唄。」所以當我們去到店裡面的時候，還好這個孩子要的五件不同

名牌衣服、外套或牛仔褲，我們真的只幫他找到兩件。

　　回台灣之後，他的父母親非常感謝我，以為我只幫孩子找到兩件，是幫他們省錢，我跟他們說，我是真的沒找到，可是我看著那兩件衣服，真的也是大惑不解，不就是一件普通 T 恤，100％全棉的格子，怎麼這一件也要價六十塊美金？

　　六十塊美金，幾乎等於兩千塊新台幣，買一件襯衫需要這麼貴？也許孩子就是喜歡，我想說的是，我們不全然的拒絕孩子要求，但是可以把要求當作一個鼓勵他的獎品、也算是個獎勵的方法。

　　那也是表示親子彼此之間，都還有商量的餘地，不是非黑即白、或非一即二，這種「一翻兩瞪眼」很決然的沒妥協，實屬下策。因為世界上沒有絕對論只有相對論，我們教孩子一些勤儉的觀念，一個勤、一個儉，財與富才能累積跟著來。

　　青少年的次文化在風行什麼？同學間會談論、會交換情報，這些名牌、這些時尚，不是全然該被杜絕的罪惡，但卻是可以當作一個鼓勵他們、激勵他們的手法，用這個方式，也可達成教育功效，所以算是親子交鋒的軟著力，以延續親子過招的「穩操勝算」。

第三章
戰備跑道

房間，是用來亂的啦!

　　如果你家孩子的房間，造山運動無比壯觀，毫無停止跡象，不但「閒雜人等勿進」，連他自己都舉步維艱，不管是威逼利誘，都得開條「戰備跑道」，以應不時之需吧？

　　在一個家庭中，每個人都應該有自己要盡的責任，所以把自己周遭的生活環境、自己使用的空間，保持某種程度、看得過去的標準是很重要的。

　　我的大女兒，是處女座、而且血型還是 A 型，風聞處女座加 A 型，等於龜山島來的超龜毛，可是我怎麼看我們家大小姐，就怎麼不像。

　　她那個房間，是亂到一個不知道該怎麼形容，好像是兩顆原子彈在日本廣島炸了之後，第三顆爆是在她房間一樣。我每次進她房間，都要很小心翼翼的，就深怕踩到地下的「不

明物體」、或什麼 CD 光碟、或是學校的什麼作業，房間裡所有能放東西、或不該被放東西的地方，全都被「侵佔」光了。

地上幾乎沒有一個地方是乾淨，可以讓人「安心」走路的，視線所及，高山峽谷好不熱鬧。我不得不把這個女兒叫來問一問：「你們處女座的不是很愛乾淨整齊嗎？妳的房間怎麼可以亂成這樣？」

這位小姐居然如此答覆：「媽媽，妳對處女座的印象錯了。」

「怎麼會錯？怎麼說？」

「我們處女座是亂、而不髒。」

這我還第一次聽到，把「髒」跟「亂」分開講的。

「我們房間雖然是亂亂的，可是我們都知道東西在哪裡；我們一走出門，光鮮亮麗，一點都不蓬頭垢面、哪髒了？」真的，這個大小姐走出來無人不誇，無人不翹大拇指，真的是個光鮮亮麗。

所以，即便是孩子已經出國好幾年了，我一直把她的房間維持原狀，就是希望將來哪個「不知情」偏又勇敢追她的男生，如果想充分的了解我們家這個大小姐，應該要不遠千里到台灣來看一看，體會一下她個人房間的「造山運動」有

多壯觀。

　　是怎麼個的邋邋樣？是怎麼個塞滿了東西？這幾年我們都沒有刻意去整理，就是想留著當證據，對日後那個未來的女婿說：「你要是能忍受眼前的戰場一片狼藉，你就坦然接受，咱倆老也好真正放心，把女兒交付給你；你要是不能忍受，趁還沒進禮堂前，都還來得及踩煞車。」

　　父母親一般的觀念，房間就是要整齊、要清潔，孩子卻跟你爭辯說：「這是亂不是髒，誰叫你自己要進來？」這話乍聽之下，還講得真讓大人錯覺理虧了。因為父母難免都會有事，要到孩子的房間跟他說什麼、找什麼東西。所以我非常非常建議家長們，也要在這點上面，跟孩子做如此的一個妥協跟溝通：

　　平常禮拜一到禮拜五學校功課忙，回來就做功課什麼的，然後第二天又忙著要上學，平常的亂還 OK，但一定要在週末，抽一個空檔、抽個時間，一個鐘頭不嫌少，兩個鐘頭不嫌多，一定要自己打掃一下房間，至少也要有條「戰備跑道」可供行走。

　　先在裡面，有條可行走的「安全路徑」即可、好的開始是成功的一半嘛，將就看得過去就行了，我想這是父母親，

也要忍讓，慢慢跟孩子溝通的地方。否則孩子跟你一言九頂之外，衝撞的擦槍走火可多了。誰都不樂見生活中處處有地雷，轟的一聲，親子兩敗俱傷。

很多青少年的「潮店」，有著各式各樣的「閒人免進」軟木塞掛牌，說來又氣又好笑，就是要告訴父母親「老大人」：無請勿進＝沒有請你，不要「擅闖民宅」。還好兒福法，沒立這一條保護青少年！

身為父母當然會擔心，孩子一回家，把自己關在房間裡面，也不知道他在裡面做什麼？或是房間亂成什麼樣子？一家兩國，壁壘分明，真是氣惱。換個角度想，也許孩子是有濃厚的藝術氣息，是在「亂中有序」裡享受生活。

我先生是學理工的，以數字為主，一是一、二是二，非常的乾淨整潔、井然有序。他可以在台北開會時，忘記帶一份資料，而打電話到台南來拜託我到書房，他的書桌第幾格，打開以後有幾個盒子、或哪個櫃子的第幾個抽屜的什麼地方，幫他拿出他要的東西，你照著做絕對沒錯，永遠找得到東西，真的是很方便。別人只要 follow 他的指揮，就可以找到要的東西，這對我來說，是不可能的任務。

我向來大剌剌的，只不過是要去 shopping，車子都開出

去才想到，糟糕，這個昨天晚上辛苦寫的 Shopping list 購物單沒帶，這沒帶的話很麻煩，從經濟學考量，你看了什麼就想買，買了一些是不需要的、多半是你想要、但卻不見得是需要的，一想到這理，我就很堅持再把車子開回來。

然後又懶得進家門，再爬上四樓書房去拿購物單，我就從一樓按室內電話，通知那位在四樓書房裡的先生：「老公，你幫我找一下，我昨天晚上寫的購物單好不好？」

我先生回頭看了一下我的書桌，沉默不予回答。

我說：「你不是看到我書桌前面好幾堆嗎？你在比較高的那堆，比較高又有一點點凸出來，參差不齊的有沒有，我應該是寫了就順手放在最上面。你幫找一下，你幫我拿，應該有。」我先生真的可以在那邊，很認真地找個三五分鐘，然後很生氣的說：「找不到，每堆都一樣亂，都一樣高，哪有凸出來哪一堆？」

我就還非得老老實實、規規矩矩地爬上四樓，可就是很奇怪，我一進去馬上就拿出來：「老公你看，不就在這兒。」

「下次別要我找，妳書桌太亂了！」外子其實是一個非常好的人，知道我東西多，就買了高櫃、矮櫃、大櫃、小櫃、長櫃、短櫃，買得越多，我就堆得越多，這也是一件「不知

不覺中」就變很麻煩的事。

等到有一天，外子居然忍無可忍地說：「這四樓的書房全歸妳可以吧！」

真不好意思啊，之前只要有朋友到我們書房來，光站在門口，就知道兩張大書桌哪一張是他的，哪一張是我的，一目了然！可是現在全部被我侵占了，受不了被「淪陷」的老公，只好被迫到二樓去開天闢地，當他的書房。

我也覺得很於心不忍，深切自我檢討，實在是因為事情太多，雜物真的很多，也許都是藉口，也許是自己個人的「隨手收拾」習慣也沒有養成。所以回頭想，有的時候其實也不太敢去過度苛責孩子，妥協到，原則上，只要是用東西的時候，能找得到就好。

可是慢慢年事漸長，真覺得東西擺哪裡、若是放得很好，看起來真的賞心悅目，然後又有接觸到一些會看風水的師父，會常常告訴你進門的哪個方位就是財位，財位那邊不能亂，要怎麼樣乾淨才會怎麼樣，好像也受到一點影響。

所以現在我讓自己培養出一個習慣，也是慢慢養成的，強迫自己在睡覺前，一定要把家裡收拾一下，即使沒有辦法收得很標準一塵不染、很整齊，可是若能看得過去，至少客

廳茶几上面的東西，都擺在一邊就定位，另外一邊大概有二分之一、三分之一的桌面是空的，還可以放東西。

「至少把東西排列得很整齊！」是我自己目前努力身體力行「貫徹」的功課。也因為這樣將心比心，所以希望在這個住的方面，尤其是自己房間的整潔，真的能夠多所用力用心。再說，年紀大了，東西亂放，也真的是在自找麻煩。

自己的兩個女兒，風格很不一樣，老大比較像我，就是東西可以隨便順手一擺，老二就是跟爸爸一樣，也是一板一眼，講難聽點是比較拘謹，嚴謹型；講好聽一點，就是也很愛整齊。

常常看到老二會在週末假日，每隔一週兩週就會房子大掃除，連桌椅都搬開用吸塵器吸。我就觀察到一個現象非常有趣，老大剛剛到美國念大學，去了一年適應之後，幫老二找了一個很不錯的高中，然後就一直慫恿還在台灣讀國二的妹妹說：「妳可以出來了，姐姐幫妳把學校都找好了，我們兩姐妹相依為命，妳過來！」

「姐姐現在是住學校宿舍，妳過來以後，爸爸媽媽應該會買個房子，讓我們兩姐妹住，否則租金太貴。」老大還「盤算」得很準，我們真的幫她們買了一個八十坪左右，也算透

天厝，沒有地下室，但是草皮還蠻大的。

有次我過去探望她們，發現奇怪了，一大早起來我在看報紙，大女兒躺在沙發椅上面拿著遙控器看電視，一派悠閒，這個週末的早晨，陽光灑進來，其實是蠻溫煦的，那種懶得動的感覺，舒服極了。

沒想到老二下樓，她一看到我們兩個在客廳，一個在看電視、一個在看報紙，她就說了：「我要做早餐，妳們要我幫妳們準備嗎？」真好，非常好，善良的心，我們當然大聲說：「要！」天下果然有白吃的早餐，真是美好的早晨。

小女兒就接著問我們喜歡吐司或培果等等，她做完之後，幫我們端過來，還問：「妳們要配什麼？牛奶還是果汁？」

我們都被招待到無上滿足。姐姐就這樣半躺半臥的吃了她的早餐，我就看著報紙旁邊又有鮮奶，有穀片，又有什麼煎蛋、荷包蛋的，真是享受。

妹妹看到我們吃完最後一口，她會過來把我們的碗盤馬上就收走，然後就站在洗碗台那邊，開始清理善後，清洗碗碟、歸位等等。我看老大被服侍得很自然，當然禮貌上少不了說聲謝謝。

結果她才收拾完，望著外面好大的草坪，然後問我：

「媽，那個草地多久沒澆水了？」

我說：「妳爸爸上禮拜先回台灣後就沒有人澆了。」

「難怪都有點焦黃了，它們一定好渴，等一下我就來爲草坪澆水。」

真是做這一步時便想好下一步，這個孩子真是來報恩的，老天爺賞賜的，我不免暗自得意起來。等他到外面去澆水的時候，因爲從這個角度澆某一個方向要 15 分鐘，再把那個噴水器放在另外一個角落，不同的角度再噴 15、20 分鐘，因爲我沒有買那個很 fancy 很炫的可以 360 度旋轉的，因爲那個東西上百塊美金，我們就買那種什麼 4.5 美金的噴水器。

我就發現這孩子還會利用中間這種 15、20 分鐘，跑進客廳，拿起很重的吸塵器，就在那邊吸吸吸，然後看看外面、看時間，我覺得她的姐姐還是那副早上的樣子，仍然躺在那邊半躺半臥的看電視，早餐吃完了更滿足了。

我實在是看不過去，怎麼所有的家事都由小女兒來做？整個家裡的清潔工作，似乎都是她一人獨攬，連髒衣服也是她在洗，碗也是她洗，米也是她洗，菜也是她洗的，我實在看不下去了，我就請老二把吸塵器關掉。

　　我忍不住生氣：「妹妹，媽媽怎麼覺得所有的家事都妳一個人做，這樣公平嗎？」我講這話的用意，是要講給老大聽，老大好像聽懂了，本來半躺半臥的她坐起來，回頭看我一眼，還有一點瞪白眼的樣子。

　　意思是說，她有接受到訊息可是她不以為然，所以她繼續就躺下去，繼續拿起遙控器看她的電視。她的不以為然，我實在是不知道該怎麼辦好？就想指桑罵槐，我跟妹妹說：「妳看，媽媽看到所有的家事都是妳在做，洗衣服、洗碗、洗米、洗菜、拖地、照顧院子裡的草。」

　　沒有想到這個小女兒回答：「媽媽，我覺得分工很重要。」

　　我心裡想分工是很重要，妳們倆姐妹，家事本來就該分工一人做一半。

　　小女兒說：「媽媽，姐姐的英文很好，妳看每次有郵差來按門，郵差來送信，有人到家裡來修這個、修那個，來裝什麼警報器的、都是姐姐在應對，姐姐好厲害，姐姐英文真的好棒！姐姐這種人就是適合當外交部長，那我呢？我就當我的內政部長。」說完之後又很認命的拿起她的吸塵器繼續打掃，這個整個住家環境的整潔，她真的是貢獻很多最多。

　　這是一個真實的案例，一個做內政長，一個做外交部

長，台語叫做「沒清分」，不會分得很清楚、很計較，不會認為事情不公平，從另外一個角度來看這也叫做「適才適所」，姐姐是那種專責處理大場面，家事這種小事情，她認為不必放在眼裡。妹妹也做了很好的詮釋，所以一個家庭得以維持清潔整齊。

在一個家庭中，每個人都應該有自己要盡的責任，所以把自己周遭的生活環境、自己使用的空間，保持某種程度、看得過去的標準是很重要的。

我也聽過一對高水準的夫婦，先生是醫生，太太是教授，因為他們立志要做頂客族，所以是不生小孩的，也是把家事工作分配得很好，太太說廚房的事我做，但是客廳的地板什麼，哪些事是要你做。

責任管區說好了，結果沒想到一兩個禮拜後，太太發難：「老公，你這個地有掃有拖嗎？你是要負責掃地拖地的！」

她老公居然可以把客廳的門打開，指著外面，因為他們住公寓，他指著外面的那個公共空間走廊說：「我不覺得髒啊！妳看，我們還比外面的乾淨，妳看外面！」

那不是廢話嗎？外面是大家在使用當然比較髒。

這太太哭笑不得：「你的標準是這樣？我們說好要分工

的！」

　　可是她老公說：「我覺得不髒、不用清理。」

　　結果不得已兩個人又坐下來，太太後來就白紙黑字規定：你一個禮拜至少要掃幾次地、多久拖一次地之類，這個風波才平息。

　　所以其實每個人的標準是不一樣，可以跟孩子商量，那很多父母親也許是一進孩子房間，放眼所及沒一個地方看順眼，不是看到孩子床上堆滿東西、枕頭旁邊都是書、CD東一張西一張亂丟，這些均可以用商量方式跟孩子講，重點是講話的態度，盡量不要指責。

　　這個年代的孩子，不比我們當年，父母之命大如天，也不是你能夠仗恃父母威權，就能有所指責的。怎麼樣的心平氣和，又不失理直氣和的跟孩子溝通，維繫這個家、和個人房間環境的整潔，是一種長遠的生活態度。

　　至少大人要把自己生活空間的領域，保持某種程度的整潔，我想這樣孩子就不會跟你嗆聲說：「這是亂！這不是髒！誰叫你自己要進來！」當父母親的我們，理當把自討沒趣的傷害，降到最低。

　　從小沒有養成良好的習慣，長大後會影響到 EQ！

　　因為 EQ 我們說過，是情緒管理加人際關係，可是 EQ 有一個更棒的公式是適合家中，還有成長中的孩子，EQ 是「等待力」加「意志力」加「良好習慣的養成」。

　　等待力，是讓孩子相信明天會更好，總是用正向積極面去引導孩子。

　　意志力，是一件事情起了頭，一定鼓勵孩子把它從頭到尾做完，謂之成功，不要半途而廢。就算半途中遇到什麼挫折，也是正好培養孩子「逆境智商」的好機會，要越挫越勇，要想辦法來克服。

　　良好習慣的養成，像這種清潔習慣的養成，將來一定不會帶給別人困擾，就會增進人際關係；消極地來講，每個人都不想看到邋裡邋遢、髒兮兮、生活衛生習慣很差的人；積極地來講，一個對自己負責的人，是我們很可以深交的，我們都比較喜歡跟這樣的人做朋友。

　　我也看過有人到我們家來作客，非常堅持吃完的碗筷一定要自己洗，我們總是說：「放著！放著！我們一起洗。」但是真有如此習慣的人，後來也只見識了一兩位。我覺得，

搞不好真的有人是從小被訓練成這樣，也許他沒有幫洗大盤子、大湯碗，可是他把自己用過的這個湯匙、碗筷、小碟子、小盤子，自己清洗乾淨也不錯，這也顯示出他對自己清潔度的要求，確實是可喜的現象，也提供給各位父母親做參考。

第四章
尊重每一個用路人

　　一個國小的學童跟我抱怨說：「我們老師上課都很會講，教我們要要守秩序、重禮讓。」我才在想：「這六個字怎麼好熟悉？」

　　細看之下，原來這位小學生，身上穿著一件小背心，黃色的背心鑲紅色的邊，就是交通糾察隊穿的，背心上面正好寫了這六個字：「守秩序，重禮讓。」

　　他說：「可是我站在校門口，幫忙指揮交通的時候，就看到老師們的車子從地下室衝出來，都沒有守秩序，也沒有重禮讓，還不是搶著要先轉彎，或忙著開走，也都沒在注意交通安全。」

　　台灣很多的孩子在國中、尤其是上了高中，都未滿十八歲，還沒到法定可以考駕照的年齡，就嚷嚷吵著要買摩托車，

這個是很特殊的現象，卻也有很多父母親拗不過孩子，居然也答應了，只敢私下囑咐說：「那你就騎慢一點，小心騎，不要違規，不要被警察攔下來。」

一個連無照駕駛都敢的孩子，父母怎麼能輕易屈服他的無理取鬧：「別人能騎，為什麼我不能騎？我就是長的一副ㄙㄨㄟ相嗎？警察就一定會攔我？」青少年血氣方剛，他們天不怕地不怕，難道父母也跟著無所謂嗎？

當幾個孩子在一起，只要有人帶頭起鬨飆車、或是去郊遊，後面又載著「馬子」，這威風、帥氣，就一定是要要的啦！我們也不時在電視或網路上傳影片中看到，還有青少年當街賣弄特技表演，故意要耍酷，讓身體與機車平行騰空，像小飛俠一樣，或是表演一些奇奇怪怪的玩命特技，這些都不應該被允許的，因為人的生命，是沒有可逆性的。

食物中毒或許偶爾會碰上，穿衣服穿到死的也沒聽過，住家如果是什麼海砂屋，或是住家附近環境有什麼變電所或基地台太多……其實這些都還有一個緩衝的空間，不會直接、立刻、傷害性那麼大的危及性命，但是像行的安全，就沒辦法了，一個不小心，生命又這麼無常，你不撞別人、別人還撞你！

2010 年的十月中旬，我自己親身經歷了一場恐怖車禍之後，更覺得行車安全太重要了。車禍的發生，就是在高速公路上，前面一輛是大型車，所以我也無法再看清它之前的路況，這輛車突然緊急煞車，我忙跟著急踩煞車，我是煞住車、沒去撞到前面，可是後面的人卻煞不住撞上我，莫名其妙的一瞬間，我被撞到四輪朝天！

車頂朝下，整個車在高速公路上面倒栽旋轉滑行，我人當然也在車子裡面翻滾，倒栽蔥似的等人家救援，那一剎那第一個感覺是：我的一生到這邊就結束了嗎？實在是心太不甘了，我的人生怎麼可以這樣 ending ？我還有好多未了的心願與抱負。但除了很無奈，很無助的卡在車子裡面，等著人家來救援外，又能如何？每每回想起那一刻，還是很不寒而慄！

因為車禍而受傷的經驗，應該不少人都有，輕則受個小傷、破皮流血，重則傷筋動骨、腑臟受損、傷到脊椎、重創頭部，甚至癱瘓都很有可能。這種一出事，就可能毀掉一輩子的嚴重性，不能被溺愛所「粉飾太平」的遮掩。

所以面對一個說大不大，說小不小，成天「盧」著要買機車的孩子，我們務必在這「行車安全」方面，態度果決嚴

肅、很清楚審慎地溝通：「不可以無照駕駛、生命安全第一，而且一定要戴安全帽！重點是，我們愛你、超在乎你的安危！」

　　經常我會站在路邊、或坐在車子裡面數：「警察怎麼不出來啊！這邊一個沒戴安全帽的該罰，那邊又一個、咦，看這部機車三貼，竟然都沒戴安全帽。」有時候這樣晃眼看過去，警察如果出來開罰單，馬上國庫就可以進帳個好幾千塊錢甚至上萬元，好像台灣這個「騎機車要戴安全帽」守法的精神，還沒有被教育地很落實，大人尚且如此，那更不用說孩子會「有樣學樣」做出違規的事情。

　　喜歡同儕一窩蜂的孩子，會理直氣壯的跟爸媽爭論：

　　「別的同學都能，為什麼我不行？」

　　「只要我喜歡，有什麼不可以。」

　　「因為一不小心，就攸關生死！」我們要很慎重約束孩子說：「雖然你喜歡，還是有很多不可以。」因為我們是法治化的國家，有法一定要依法，說不行就不行，在這種生命交關的臨界點上，我們要非常非常審慎的去看待這個事。

　　不能說誰誰誰的爸爸媽媽，因為他兒子表現不錯，就先買了一部摩托車獎賞，有沒有駕照都沒關係；誰的阿公阿嬤

因爲寵孫子，雖然還未滿十八歲，就把家裡的摩托車隨他高興騎著四處趴趴走……

這都是很不應該的，父母、阿公阿嬤都該檢討！

我們是該鼓勵孩子培養一個嗜好，但必須是很注意安全的，比方說，孩子的一生，應該讓他能發展一動或一靜的嗜好，靜態的可以是看書、聽音樂，可以是畫畫，可以是學樂器等等；那動態的可以是打球、游泳，或現在很流行的騎單車，甚至於騎單輪做考驗都 OK，不過都是在以安全爲前提的考量下。

日前才知道一位好朋友的兒子，媽媽嚴禁他騎機車，他也聽話沒騎，但那天在學校裡下了課想去買個東西，同學就說：「上來呀！我載你！」結果沒想到好巧不巧的，就在一離開校門口，同學加足馬力向前衝，才過馬路就出事了，而且撞得還不輕，把媽媽嚇掉半條命。

這種生命不可逆性的交通事故，誰都不知道，接下來會怎麼了結？在行車安全方面，就算你全副武裝、都準備很好、戴安全帽甚至戴手套，你都沒有辦法防範別人還會來撞你。所以當孩子在這方面，跟父母親頂嘴耍賴齊來的時候，父母親的立場很重要：

你知道「尊重每一個用路人的生命」了嗎？

不管他是行人、開車、騎車，生命太寶貴了，往往受傷的雖然是只有「一」個人，但卻可能拖累到一家子人，你能把握自己不違規？遵守交通規則了嗎？

一個大學生，想要贏取友誼，所以答應載同學去辦事，同學坐在後面本來好好沒事，有一輛車在路邊違規停下來，突然把門打開，勾住了這位大學生的機車把手，摩托車瞬間滑倒，車身摔凹了、照後鏡也破碎了，這個騎車的大學生手上有些挫傷，可是一時之間，他卻不知道該怎麼辦，照理說，他應該要叫交通警察來處理才對。

可是一想到後面坐的這個同學，沒戴安全帽，警察來肯定先罰他後座這個同學，所以變成就算是他被撞、錯不在他，可是卻變成啥也不敢說。結果對方駕駛看出端倪，隨便塞給他五百塊就打算了事，這個騎車的大學生明知道光是修車，就得花上好幾倍的五百塊，儘管這位大學生有千百般不願，卻也不能怎麼樣。

通常車禍第一現場，都是要請警察來做一些筆錄的，所以這也告訴我們，就算你是一個很合法的駕駛，都還有這樣子的問題，更何況我們所擔心的青少年。只為了拉風、只為

了神氣、只為了耍帥，全不顧安全與違規的後果，就一股腦的要求騎摩托車，這也是讓我們父母親很傷腦筋的「衝突」引爆點。

在青少年心理學裡面，對青少年在這個「狂飆期」的描述，有兩個專有名詞：

一個叫做「假想的觀眾」。

一個叫做「個人的神話」。

據說，最早的飆車族，他們不像現在是成群結夥，然後一路對著停在路邊的車子，用棒球棍打、或看人不爽就砍殺。最早的飆車族，聽說是「飆氣魄」的。也就是那個時代，類似 Skoda 偉士牌的機車，飆車的人可以雙腳蹲在腳墊上，然後只從摩托車車頭，跟前面擋風板中間的縫隙看出去。

那個視野其實很有限，可是為了要贏來很多眼光的注目，想出這麼異於常人的事，可以得到大家的「另眼相看」，就假想有很多觀眾在看我飆車，我很神勇、我蹲著，我不是坐在座墊上，我只憑這個小小的一個縫隙看出去，我知道什麼時候該轉彎、什麼時候該停，很神勇，其實這種假想的觀

眾，起因卻只在於他個人的神話。

　　他覺得他自己是不朽的，他想說他這樣子不會有問題，因為他是不朽的，他認為生命也是不朽，沒問題、我技術很好，其實這個早年的飆車，跟現在的飆車差異性很大，現在是動輒危及他人性命的。

　　從早年的飆車到現在的飆仔，就是基於這樣的自以為是；這也都是在行車安全方面，我們父母親沒有給子女一個很好的管教，所以落得最後只好等電話通知……

　　「×××嗎？你兒子現在×× 警察局，麻煩來一趟。」

　　「為什麼？怎麼可能？」

　　「他飆車。」

　　「怎麼可能！我十一點還看他在房間裡！」

　　「那你現在再去看！」

　　再到孩子的房間一看，孩子早溜了，神不知鬼不覺地跑出去夜遊、當飆車族，這也是讓父母親很錯愕的。

　　所以哪些該做？哪些不該做？尤其在騎車這件事上，儘管孩子要用九句話，像九根利劍一樣刺過來的頂撞我們，父母都要以「生命第一、不得玩笑」審慎的態度，該要嚴格就要嚴格，父母親該講的話，不能不講，不講的話、你就是害

了孩子、也妨礙他學習負責任的成長，等事故發生，到時候再怎麼哭天嗆地、情何以堪，都來不及了。

在行的安全方面，我要特別呼籲，儘管孩子有自己的看法，可是一切以依法為前提，以尊重生命為前提，這是最重要的兩件事，沒有通融的餘地，沒有 negotiable、不可商議、不可妥協，這是我們父母親必須要有的堅持態度。

這個「行的安全」，還有一個衍生出來的意義，應該可以叫做「旅行」，如果孩子因為旅行計畫，而跟我們起衝突，父母親又該如何親子過招？

從小就要跟孩子闡明一個觀念，叫做「父母在不遠遊，遊必有方。」還是有必要的。也不見得說不遠遊，而是說「遊必有方」；後面那句比前面還更重要。

我們一般會覺得，女孩比較黏人，或是比較跟爸爸媽媽會撒嬌，比較貼心懂事，如果這女兒要去哪裡，或是到了哪裡，應該都會跟父母親說一聲，讓大人放心。但我看過一對母子，媽媽把兒子教得很好，一個大男孩，從國中、高中，尤其上了大學，因為大學是在東部，他都會定時或是不定時的打電話回家，跟父母親聊天哈啦，實屬難得。

我們可以跟孩子灌輸這樣的觀念，你去哪裡，基本上，

只要跟爸爸媽媽表明，我想父母親在這點上，應該放手讓孩子對周遭世界開始探索，跟誰一起出遊？去多久？到什麼地方去？怎麼玩法？等等這些都可以討論。

不要不管三七二十一，問也不問清楚，乍聽孩子有什麼旅行的計畫，父母親就開始嘮嘮叨叨念起經來，要不嘛就不准，要不嘛就對他的這個計畫、或是想去的地方、或是一起出遊玩的朋友，有一些不同的雜音。

拿一個簡單的例子來說，我記得自己的女兒在讀國中的時候，春假都放很長，大約從三二九青年節一路可以放到清明節過後，青年節放到清明節，有的時候連頭尾週末加起來可以到八、九天。

我發現奇怪了，這個八、九天的春假，讀國中的女兒怎麼都沒動靜呢？以她的個性，一定會找一些好朋友，一起去做些活動的。大概差不多過了四、五天，假期都快過一半了，有一天她跟我講說：「媽，我明天要出去玩。」

我說：「好！媽媽還正納悶，妳這個假期怎麼會都沒動靜？妳們打算去哪？」

「我要去墾丁！」

「墾丁？那會當天來回嗎？」

「當然不是，沒辦法，太遠了！」

我說：「喔，那你們幾個人去？多少人去？」

「就是我們那幾個死黨，媽媽妳都知道的。」

「就妳們四個女孩要去？」

「是。」然後停了一下，她說：「還有四個男生。」

這下子，父母親大概都會嚇一跳吧？一般的父母親，一聽到四個男生外加四個女生？那個表情都不得不嚴肅了，已經開始有一些不一樣的「防備」反應：「四個男生是誰？」

「媽，我知道妳一定會問，所以我把那四個男生的名單都做好了。」就從她背後拿出一張名單來：「媽，妳看。」接著她就開始解釋這四個男生中的某某某是誰。

「他不就是妳那個死黨的哥哥嗎？」

「對，就是她哥哥。」

原來他們很早以前就預約了墾丁青年活動中心，然後約了四個高中女生，跟他們年紀一樣大的，可是那些女生後來臨時變卦，我想所謂的臨時變卦，也許是家長發現了，四男四女同遊外地還過夜？怎麼得了！

那幾個女生臨時反悔，可是男生他們的預付訂金繳了也退不回來，所以這個男生就叫他妹妹來找同學。因為她們幾

個死黨，我熟悉也都見過，這樣一聽，也覺得還可以接受，因為我認識那對兄妹。

「媽，妳看，這名單上還有誰誰誰……」她就把那個名單拿給我看，叫什麼名字、現在讀哪個學校，高中幾年級、家裡聯絡電話什麼之類都有，還蠻詳細的：「妳還蠻知道妳媽媽的嘛！」心裡很安慰。

「我知道，每次我要出去哪裡玩，妳都要把跟我一起玩的人名字弄得很清楚，活像 FBI 駐台特派似的。」

我才答聲：「對。」

然後，她又詭異地拿出第二張。

我說：「這是什麼？」

「這是我們這兩天半，應該是兩夜三天要玩的行程，我們幾點鐘集合、幾點鐘出發、到那邊幾點、然後我們要去哪裡等等等。」

哪一天早上幹嘛，下午怎麼樣，傍晚哪裡，晚上做什麼都寫在那張單子上，滿詳細的，雖然心裡覺得還滿不錯、他們還滿有規劃的，嘴上依然說：「那還有沒有？就這兩張了？」

「這裡，這裡還有最後一張。」

「妳幹嘛不一次給？」

女兒調皮的扮個鬼臉：「這都是妳要的嘛，妳一張一張的看唄！」

第三張很可愛，也不過八個人出去玩，每個人都各司其職，每一個人都有任務，誰是領隊，誰是公關，誰是什麼交通組，誰是什麼膳食組，然後誰是什麼規劃組類似這樣，很可愛，他們八個人每個人都有一個職稱，我還看到自己的女兒是管交通組的。

有一個當總務的，那總務的女生很可愛，她在那張職務的後面寫：「每人先繳兩千元，多退少補，可能不退，一定會補。」

我問：「這什麼意思？」

「我們也不知道該抓多少錢，也不知道開銷怎麼樣，所以先用兩千塊。」

可能知道不夠，可是又不敢寫太多，怕有一些家長會反對，說去玩花這麼多錢，所以她用這樣寫滿含蓄的，看了都暗自好笑。看自己女兒當交通組，規劃要在哪一個地方集合，把腳踏車放哪裡，然後一起坐公車到火車站，再從火車站坐火車到高雄，然後再從高雄搭中南客運，我看那個交通流程

實在太麻煩。

我自告奮勇地說：「反正媽媽也都知道你們是誰了，要不要媽媽開那個福斯 T4 休旅車，可以坐八個人的，把你們八個正好一起都載去，載到火車站也免得前面你們這段又要騎腳踏車，還要換公車。」

你知道我家小姐怎麼說：「不用！我是負責交通組的，交通就是歸我負責，不需要靠大人。」女兒恍然大悟笑了出來：「我知道啦！妳想去看那幾個男生長什麼樣對不對？」

「妳真是喔……我、我哪那麼不上道啊？怎麼會呢！」我心裡還真有被戳破心事的尷尬：「沒有的事啦，好，妳自己要負責，那媽媽提供過這個服務，不要就算了拉倒！」

雖然 That's ok，可是腳踏車要怎麼放好？要怎麼樣上鎖？我還是不忘一再叮嚀，我想我自己手上有這幾張單子，應該是很有足夠的安全性了。說一句玩笑話，他們出去玩過夜，就算真的出了什麼事，也還有人可以查，總可以找到誰闖了禍，有 DNA 來驗。

這是當年孩子去旅行的時候，小小國中生不過也十幾歲，也開始想要伸出觸角，去探索世界，我們是應該站在比較鼓勵的立場。或者是孩子更小的時候，父母親幫忙規劃，

帶著他出去旅行，也跟他講一些旅途上要注意的規則。

慢慢孩子長大，到了高中、上了大學，他們也許當起背包客，我想做父母的，盡量把自己的角色扮演好，當個是支持、受歡迎的諮詢者，而不是當個干預者、或是反對者。

這樣子親子溝通，就不用老在暗算過招，不用一天到晚老在「諜對諜」的想會怎麼樣？孩子會出什麼花招瞞騙？我要怎麼樣應對？孩子會怎麼攻？我又得怎麼防了？

第五章

背多分

「背多分」楷模在此!

　　台灣的教育是：分數＝面子，大人的面子，比孩子重要，甚至拚分數，還可以拚到不顧健康！為了求高分，可以不擇手段，親子可以劍拔弩張、同學可以失和、甚至違反道德原則。

　　「別讓孩子輸在起跑點上！」台灣太多父母親受這句話的影響，總在學習之初、孩子還很小的時候，就卯足了勁、拚命塞，想要在最短的時間，讓他吸收個飽足。

　　再大一點的教育制度，就會變成所謂的填鴨式灌輸，只要盡量背，無一不背，背了分數就多，也不太需要去理解、去分析，所以整個教育制度在這方面，是有個大問號的。

　　育，是「教育」的意味，看到目前台灣的教育大環境，還有很多父母親，對自己子女所實施的家庭教育，是可以從很多角度切入來探討的。

我們的孩子，從每天早上一醒過來，就開始準備上學了，也許七點多就得到學校，然後一路讀書忙到下午，甚至到傍晚，到了國三或高三還要忙到晚上，在學校的時間超過十二小時的都有。

有時候實在是很感傷，台灣的教育把太多的時間，父母師長逼著學生們，把太多的時間，都放在教育的「育」這一塊。除了學校的正規教育，還有補習教育，還有請家教來家裡的都有。據統計數字，台灣的小孩花在學業上念書的時間，是非常非常明顯高於很多西方國家，在東南亞、東北亞這邊，雖然落差沒這麼大，但因為整個亞洲，好像都很重視智育掛帥的這個趨勢，我一直在想，值不值得？

自己家的小朋友，當年在美國出生，那是因為我們在求學，兩個孩子先後出生，美國是落地戶籍制，她們當然也就變成了美國籍。可是等到老大九歲、老么三歲，我們因為生涯的規劃的轉變，我先生先拿到學位，工作了很多年，等我拿到學位後，我們就回台灣了。

先生應該算是一個愛國書生型，他在美國愛荷華大學工作了七年，始終有這種不如歸去的認同感：「學了東西還是要回來，在自己國家用！」，雖然我心中有些不是那麼認同，

但是想想他這個大方向還是對的。

太多人想把孩子帶出國，而不得其門，每天盡在那邊盤算著什麼時候走？怎麼樣把孩子帶出去？甚至於聽到，自己成大畢業的學生，進入社會工作、結婚、懷孕，懷孕六、七個月，甚至七、八個月，想盡辦法、花費四五十萬台幣到美國去生小孩。

坐月子中心什麼都包辦，反正你就是懷孕的時候，末期過去，然後全程經過三、四個月回來，帶著一個娃娃，這個娃娃就是他們所謂的美國人。我們一般不是刻意這樣做的，孩子在美國出生的都叫 ABC，America born Chinese，在美國出生的華人。

那個時候我們家兩個小朋友，有這個機緣在父母求學時代來報到，當年我把她們帶回來的時候，九歲的姐姐已經很懂事了，她是很反對的，但是也沒有辦法，因為我們大人還是有所謂的「父母權威」在，先生很執意非回國貢獻不可，我們就全家回來了。

這個教育的「育」，從此就可以看得出東方、西方兩大色彩的不同。我的小朋友從回來就很會比較，看到台灣的教育是「分數比命大」，為了分數不擇手段，甚至小朋友還可以失

和，違反道德原則。因為互相改考卷可以作個弊，然後成績單統統收好到小老師那邊登記的時候，還可以去套交情，登記的小老師，本來 68 分，可以幫你寫個 78 分之類的都有可能，這就可看到台灣教育所延伸出來的問題。

所以當小朋友回台灣，很辛苦的在這種教育制度下「掙扎」，我真的要說很辛苦，因為她們斗大的國字認識不了一籮筐，什麼意思呢？就是那種筆畫很簡單的國字，看上去，他會覺得這個我認識，比劃複雜的，就好比天書。

九歲以前在美國，我們住的地方，有辦所謂的中文學校，好讓那邊的 ABC 小孩，能夠每個禮拜天到教堂，人家上午要做主日學，下午教堂空著沒事了，我們就每年花一點租金，幾百塊美金，然後把孩子們都招來學中文。

我們那個學校的華人子弟約莫有三十多位，我們都還認真的分成什麼小小小班、小小班、小班，中年級班、高年級班、青少年班。我自己當年也有幸被選為總務主任，因為我們只有兩個行政，一個叫總務、一個叫校長。

總務呢，收一些學費，然後付給教中文的老師。這些中文老師都是台灣到美國去念書，大部分都是念教育這方面的，請他們來中文學校，一個小時的時薪多少美金付給他，

總務大概做這些事而已。校長要做的事就比較大了，像是有些決策。我當年都已經被選為總務，而且做了一年總務，馬上第二年就要接校長了，我們當時就是沿用這樣的制度。

沒想到在當總務的尾聲，我都準備要接校長了，外子居然很堅持：「該是我們回台灣的時候了。」那不叫倦鳥歸巢，絕對不是，因為我們還很年輕。當年先生也不過才 40 歲，那我才 38 歲，可是那份心意，他總覺得在國外不如在國內好，所以我們就全家回來了。

回來之後，這個斗大的國字，認識不了一籮筐的女兒，原本該開始念小學四年級，我擔心小四的程度太高，何況三年級、四年級算中年級，盤算著是不是應該讓她從三年級念起，感覺比較完整？

以為仗著她在美國有學一點點中文的基礎，低年級就跳過了吧！然後我們就從三年級開始念，大女兒當時，真的大概認識的國字，不外乎日、月、山、川、水、火、土、木、大、中、小，這種五畫以下的國字，是她比較有把握熟悉的。

那個筆畫一多，甚至於看到陌生的字，別的小孩可能會說：

「爸爸，這個是什麼字啊？」

「媽媽，某某字怎麼寫啊？」

「老師，請你教我寫氣象的象。」

類似像這樣子，隨便再舉個例子，一般人都會問說：「那個什麼字怎麼寫？」

我的小朋友卻從來都只問我：

「媽咪，氣象的象，是長什麼樣子啊？」

「那個禮貌的禮，長得像什麼樣啊？」

她都用「長得像什麼樣」來求解疑惑，原來這種先學英文，再學中文的孩子，看到中文真的是一個頭兩個大，把每一個字都當作圖形、圖像來記，因為沒有從基本學起，她不知道有所謂的「筆畫」這回事！

我們所謂的象形、轉注、假借、會意、形聲，女兒沒有這些概念，所以小朋友回國來念中文，真的很辛苦，每次看她徬徨委屈，都覺得很不忍。現在孩子也大了，但是只要回想這一段做決定的過程，老大會抗議：「不要認為我們家多民主喔！不要以為我媽媽學教育的，是會怎麼樣多懂小孩子的心態喔，當年我們從美國決定要回來，都不民主、很不公平耶，都沒有投票表決。」

我們回台灣之後，老大整整在台灣念了十年書，從小三

念到高三，老二比姐姐多念一年，所以姐姐先出國，老二晚一年再去美國。記得我問過老大：「如果投票，會是什麼結果？」

「我當然要投留在美國啊，因為我對美國很熟悉，而且美國沒有那麼強調功課，他們的課外活動很多元，我當然一定會投留在美國一票！」

老大還理直氣壯的推論：「妹妹不到三歲，兩歲多，那麼小，應該還搞不清楚狀況吧？我在猜，如果讓妹妹投，妹妹一定也想要留在美國，因為人家都說美國是兒童的天堂。那媽媽呢？為了要照顧兩個女兒，也一定會投票留在美國，會留下來照顧小孩，至於爸爸呢，他愛國，就讓他一個人去愛好了，他回台灣就好。」

這是很典型的，爸爸一個人回台灣叫「台獨分子」。他如果在台灣工作，我們母女三個都在美國，人家只要問到他：「您夫人呢？」我家先生就只好很無奈的聳聳肩膀回答：「內在美，內人在美國。」

那我們這個家庭，不就是成了典型的「空中家庭兩邊飛」！也許兩邊都有工作，雙薪賺的錢可能統統都要繳到旅行社，每年就在安排什麼時候相聚？比起牛郎織女一年一次的

相聚，也好不到哪去。

　　這是一個無奈的決定，孩子到現在、到今天她們都二十幾歲了，我每講到這一點，她們還是有所抱怨我們的。我也覺得當父母親的我們很無奈，因為我希望全家人在一起。看到老公在美國工作，也不是那麼開心愉快，壓力也很大，在別人的土地上，你可能要付出兩倍、三倍的努力，回收卻不如預期。

　　所以只要有人問及說：「你們在國外生活了十幾年耶！怎麼樣？在美國過日子怎麼樣？」我總是喜歡用四個簡單的英文字來回答，叫做："No holidays、no weekends."，沒有週末、沒有假日，先生幾乎把假日也當作平常的日子來過，或多半是不在家的。

　　就連禮拜五的傍晚，也不見得會稍微提早一點，也許周六日加班的這兩天，禮拜天的傍晚，也不盡然會稍微提早回來，那個日子，我覺得太辛苦了。所以全家在先生出國 14 年後，我們就做了一個這麼大的決定：把孩子們都帶回來，釜底抽薪，讓她們重新適應。

　　後來我接觸到 EQ 這門學問，才知道適應力佳是 EQ 首要指標，一個人只要適應力好，他的 EQ 想必是高的。因為

孩子回來的時候，從小三讀起，她本來不肯，她說：「我如果讀小三很像留級，因為我在美國已經讀完小三了，我要讀小四。」

我好說歹說的說服她：「不會、不會！誰叫妳這麼會選日子投胎，出生在一個美國小孩入學截止日的前幾天，每個國家孩子幾歲入學，都有截止日，台灣是9月1日，美國我們那一州是9月15日，那如果這個小朋友正好在1-15日中間出生，在美國讀書，是班上年紀最小的，但是回來台灣，把她降一級，正好跟同年齡的小朋友在一起。」

這小女生很可愛，也不過小三，每天晚上因為我負責教國語，爸爸負責教算術，每天晚上要陪她寫功課，寫到十二點、一點，甚至最晚到深夜一點半都有過，小三的功課怎麼會那麼多？其實不多，是她沒有辦法適應這個方塊字，要一筆一畫慢慢教，有時候，還要跟她從頭講這個字的來源，什麼叫部首、筆畫順序該怎麼順著寫，真是辛苦她了。

而外子在教小朋友數學的時候，只要是書寫的題目，她看不太懂，很多字不認識，會很挫折，一個題目都念不完，可是你只要用口語化的講給她聽，反應又還不錯，都聽得懂，也知道這個題目該怎麼做。

　　所以當年回國最感激的是一位小三的數學老師，也是她的導師，因為小學都是包班制，我們非常感謝當年的陳老師，給孩子在起跑點上多予支持與鼓勵，並沒有去否定她。我記得三年級第一次段考，成績出來以後，她逢人就問：

　　「爸爸，你知道一年有多少天嗎？」

　　「媽媽，妳知道一年有多少天嗎？」

　　連左右鄰居都不放過：「林奶奶，您知道一年有多少天嗎？」很可愛。

　　我說：「小朋友，幹什麼啊？一年就365天，妳不是知道的嗎？怎麼還要一直問？」

　　「媽媽！」她可高興了：「我在台灣第一次考試，考四科總分就是那樣，三百、六十、五分耶！」

　　原來四科得了365分。我自己一除還挺得意的，哇塞，平均是91.25耶！我還在開心的時候，側面得知，全班的總平均95，可能我們家小朋友還是很差的，可是我覺得已經很不錯了。

　　我就問小朋友說：「妳這365分，哪一科考得最好啊？總不會是數學吧？妳連國字都還不太認識。」

　　「媽媽，妳錯了，我就是數學考最好，我數學100分耶！」

我說：「不可能、不可能！妳連題目都看不懂。」

「因為大家都是坐著考，只有我一個人站著考。」我聽不懂，啥意思？

女兒說：「考卷發下去，大家都埋頭寫，我一個人就被老師叫到前面，老師坐在她椅子那邊，有個大書桌，我就站在書桌旁邊。老師就說，這個數學題目，我一題一題念給妳聽，妳可以一邊看、一邊聽我念的，妳覺得答案是哪一個？只要妳把怎麼做講出來，講對了一樣可以拿分數。」

所以當老師念給孩子聽，孩子理解力不是沒有，只是不識字，她就開始講這個要怎麼做、那個要選幾，沒想到這位陳老師真的給了他 100 分，那是一個很大的鼓舞。我想當老師的、當父母親的，一定要從孩子的角度來看事情，因為你站在她的立場想，她前半生將近十年都在國外，真的不是所謂人家說的基礎打得很好，又是那句話的受害者，叫做：「別讓孩子輸在起跑點。」

台灣太多父母親受這句話的影響，所以總在學習之初、很小的時候，不管孩子能不能吸收消化，就幫孩子卯足了勁、加足了油，都只想要在最短的時間吸收到最多東西。接下來的教育制度，就會變成所謂的填鴨灌輸，也就是大家都知道

的：「背多分」！只要盡量背，所有科目無一不背，背了分數就多，也不太需要去理解、去分析，所以整個教育制度，是有個大問號的。

自己的小朋友在剛回國讀書，有件很有趣的事：只要鐘聲一響，也不等老師說下課，大概還受到美國的影響，他們下課時鐘聲一響，台下就一片騷動，也不管台上老師講完沒有，他們就是一副準備要離開的樣子。

台灣的老師，總是認為說：「下課能再多講一點算一點，甚至不要給你們下課，你們還可以多學十分鐘。」其實這是不對的觀念，該休息就是該休息，每一節課之間，該讓孩子有喘氣的機會。

而我們這個小朋友，只要鐘聲一響，等不及老師說下課，咻，就不見了。幾次以後，老師就在懷疑說：「這個美國回來的小孩是怎樣？」然後就跟蹤她，發現她其實沒去哪，就在隔壁班級、或另外一班、或是樓上跑到樓下，跑到別班去，她安安靜靜的趴在玻璃窗戶外面，托著下巴，然後看別班還在上課；因為那個時候別班也都還沒有下課。

老師忍不住了，幾次以後才問她：「這位小朋友，是怎樣？每次下課就衝第一個，妳趴在人家教室外面，看什麼？」

　　她很詭異地跟老師說：「老師，跟你說喔，我要趕快衝出來，是因為很多老師，都不會準時下課，我就可以看到他們最後上課的幾分鐘，我正在看一件我最有興趣的事，在看哪一班的老師，拿哪一種刑具打哪一種小朋友？台灣的老師好會打人耶，差不多每個小朋友都會挨打受罰呢！」

　　當然這個風氣現在沒有了，因為教育部明文規定：不得體罰！

　　那時候民國八十幾年，小朋友如果有心做論文，我想這是個很好的題目：「哪一種老師，拿哪一種刑具，打哪一種小朋友」。

　　我也曾經在孩子的聯絡簿上寫過說：「老師，我知道適當的體罰是必要的。但是小女剛從美國回來，不習慣這種體罰的教育，可否請老師先讓她適應一學期、觀察一學期？因為我知道她在觀察別班，她對這個有興趣。可否讓她適應、觀察一學期後，再依情況施以懲罰等等」之類。

　　隔沒幾天，我到溪頭去演講，沒有辦法回家過夜，我就在傍晚的時候打個電話，我總愛問小朋友開放性問句：「小朋友，今天在學校過得怎樣？」我從來不說過得好不好？因為也只有好或不好可以回答，可是你問過得怎樣，她可以發

揮的回答空間很大。

孩子好委屈的回答：「媽，我今天第一次在學校被打了，我的大拇指還被打到瘀青。」我那時候人在溪頭，聽到她被打到大拇指瘀青的那個感覺，好像是自己被打，感覺自己都痛到要哭了。我忙追問：「怎麼會？怎麼會呢？」

「因為我功課、作業沒有寫完，也不是沒寫完啦！我有一部分沒有抄到，聯絡簿上沒抄到。」小女生就是覺得委屈得很。

其實我那時候想，孩子總是要適應台灣的教育風氣，這也算當「適應」的一種吧！慢慢的也就一路上從小學讀到國中、讀到高中，也慢慢習慣了該伸手接受處罰，該被老師怎麼打，我想也是一個很無奈、很負向地去適應。

但我還是要恭喜今天上學的孩子們，雖然媒體報導，體罰失控的老師還不少，起碼教育部明文規定，讓有些習慣語言暴力，或動輒會出手打學生出氣的老師，在這方面都收斂了許多，孩子也是人，如果老師無法以身作則的去教尊重，那要學生如何尊重起？

我們認為不體罰，並不代表不懲罰，懲罰是可以的，最好的懲罰，就是可以剝奪孩子喜歡的東西，或是類似像 Time

out，就是在某段時間，你什麼都不能做。在美國流行在地上畫一個圈圈，你就乖乖站在裡面，不要動、不可以動的小關禁閉。

或是教室裡面有一個角落，或是有一張椅子，類似於是懲罰用的，誰不乖就去坐在那邊，然後你也沒有辦法去跟其他同學互動，或是把小孩子最心愛的東西拿走，這個在教育心理學上都有講，不見得非要是讓他們自尊心受創的傷害，像卯起來「痛扁」一頓式的體罰，施加在孩子身上。你只是剝奪他一些權利、或剝奪一些嗜好、一些喜歡的東西，也可以叫做「懲罰」。

當年回台灣的時候，我記得我自己也用過，孩子很迷台灣的連續劇，因為在美國就愛看了，在美國的時候，爺爺、奶奶就會固定的把台灣連續劇一結束，四十集馬上就寄過來，美其名是「中文聽、說訓練」，孩子們也樂得非常非常愛看。

回到台灣，好像不改這個本性，我總是提醒：「功課先做完，才可以看連續劇，不做完就不能看。」至少看連續劇是她們所喜歡的，你可以拿這個來要求。

我曾經跟孩子說：「只要進步一名，名次有進步一名，

就可以來領 100 塊獎金。」因為孩子慢慢長大了，也許一些小禮物、小獎品他不看在眼裡，那給錢最實際的嘛！我也不覺得這樣孩子會變得很現實，因為你在給零用錢或是給獎金的同時，也可以教孩子怎麼樣使用錢。如果進步一名就來領 100 元獎金，但是退步 3 名、3 名以上，媽媽要罰 50，退的很嚴重的要加到 100，我覺得這叫賞罰分明，這也是教育裡面有賞有罰，賞罰分明本來就是一個要遵守的原則。

有趣的是，因為小朋友實在是剛回國，成績真的真的很不理想，別人家的小孩讀書「不太好」，我們家的小孩讀書「太不好」，所以他經常是包辦最後 3 名的。全班如果以現在的人數來講，33 個學生好了，他大概就是在 31、32、33 間的名次打轉。

對這個名次，她曾經還在下課的時候，很豪氣萬千的對同學說：「下節課老師要發成績單了喔！你們都很緊張、很害怕，不用擔心啦！最後 3 名我包了，你們拿到最後 3 名回家，一定很慘、下場很慘，不是被罵就是被打，對不對？我沒關係，我拿到最後一名回家都沒事，我爸媽都不會責備我，我媽媽學輔導教育的，她不會打人。」

錯！我怎麼不會打人，我當然也會打人，但是我不會因

為功課不好而打妳，我會因為妳學習的態度、或是那種硬脾氣、死脾氣，我還是會處罰的。所以老大今年都 25 歲，記憶裡面永遠有一條是：「我被我媽打到國中。」

這句話講起來很恐怖，好像我一直在打她？其實不然，那個是國一的時候吧，她考試又錯了，一樣的題目錯 N 遍，我不知道教過了幾遍，為什麼每次看到這個題目，都不按照標準答案作答？

隨便舉個例，如果有一個題目是這麼出的：人生以服務為目的，請問是誰說的？1.國父 2.總統 3.孔子 4.孟子，讓學生選，我的孩子會選 0 耶！

這題是有標準答案的，國父說：「人生是以服務為目的。」這個我們從小都背到大的，都知道啊！我怎能不發火：「妳怎麼每次都選 0，錯幾次了？這次又錯。」

我的孩子會很倔強地跟我說：「本來就是 0 嘛！因為國父說錯了，人生怎麼會以服務為目的呢？人生以遊戲、以玩樂為目的。」還跟你辯這個道理，也許她的經驗裡面，體驗不到人生以服務為目的這句話的精髓。

每逢看到這種「明知故犯」又錯了的考題，就一肚子火直竄。記得有一次是她又錯同樣的題目 N 次，那時候正在台

北公婆家，這個孩子一直跟你狡辯，我就打算下手了，因爲我只有出手、動手打她，讓她驚嚇到，她才會暫時止住頂嘴，然後會聽我說。

我自己打小孩，一直都有兩個原則：

第一、我用手打，她有多痛我就有多痛，我從來都不假借其他東西。

第二、如果眞的要藉外物，我會在現場找有沒有紙類的東西，紙做的東西，比方說如果有當天的報紙，好幾天的報紙在一旁，這個最好，報紙攤開來，把它捲成圓筒狀，長長的一條，看起又很像教鞭，紙打下去聲音很大，但是不會痛，不會傷到小孩，你很少聽到紙做的東西會傷到人的。

但那一天，孩子當下那種態度、很桀驚不馴的，因爲在公婆的書房裡，我沒看到什麼東西，報紙都在客廳，在書桌上看到有孩子的課本、還有作業簿本，因爲作業本比較薄、課本比較厚，當下就拿起那個作業簿本，我還有挑薄的，啪一聲，我就往她的頭上打下去！

這出其不意的一打，孩子哇的大叫，在客廳的公婆聽到書房裡面愛孫的尖叫聲，就聽到公婆趕快從沙發上起身衝向書房，好像要來救他們的受虐孫女。我衝得可比他們兩個老

人家快，我趕快跑到書房的門旁邊，把門鎖按起來，如果公婆進來了，我就完全沒有教育立場。

　　一般的祖父、祖母、阿公、阿嬤都是疼孫的，他們一進來，孩子又會利用大人間的那種微妙關係，你說是矛盾嗎？也不是，就是我們都是比較敬畏、比較尊敬老人家的習性，孩子會藉勢耍賴，或是西瓜偎大邊，耍賴皮躲到公婆身邊，公婆再講一講的話，我們這個當晚輩的，就沒有什麼立場可言。

　　所以我一定要趕快把門鎖上，我才好在裡面開導孩子，我公婆在書房外面拍門：「夢霞啊，不要動手啊！好好教啊！不要生氣啊！你不是學教育的嗎？」這時候還提醒我是學教育的，實在是很諷刺，有人說學教育的，都可以不用處罰孩子嗎？

　　當然，我是拿了簿本打了她的頭，打頭這個動作，其實只有兩秒鐘，但是所有的懲罰都應該要有「配套措施」，我打完之後，光跟孩子講這個其中的道理，講了快兩個鐘頭，所以我當下是回公婆說：「爸媽，不好意思啦！我在教她啦！等一下我出去再跟你們解釋好不好？」

　　其實我心裡有個 OS 在說：「現在你們不適合插手，你們

一插手，我就沒有立場。了不起我等一下出去，你們還要怪我，我就在背後背一些柴火在身上，這叫負荊請罪吧！」

所以我在書房裡面跟孩子好好講：「妳不要跟自己過不去，這一題也有幾分幾分的，一錯再錯又錯的，而且死不認錯，這明明就是有答案的，妳看書上──」，我把簿本翻過來：「看到沒有？看到沒有？」

孩子就一副嘟著嘴巴樣，就只好苦口婆心繼續：「妳是聰明的小孩，是可以在這題，不再受老師懲罰的，為什麼非要……不可？」一場慢慢開導下來，我超口渴。

在台灣，講老實話，因為沒有人敢挑戰權威，沒有人會說：「國父、總統說話說錯了嗎？」沒有嘛！自己從那次以後，也想了想，畢竟她也國中生了，這個孩子需要自尊，可是我自始至終都很相信那句話：「揚善於公堂，規過於私室」，我從來不喜歡在大庭廣眾下，動手打小孩。

我親眼看到有一個家長，在書局裡面，那個看來念小學的孩子也許貪心、也許零用錢不夠，可能拿了書局裡面什麼東西，因為有店員發現，然後店員就很兇的指責那小孩：「你把東西拿出來，你這不是第一次了！」類似像這樣。

因為我正好在那書局裡，就看到那個爸爸本來在別的地

方看東西，馬上過來，因為他兒子被抓包，那個爸爸當場喔，一拳過去，大庭廣眾，書局很多人，一拳過去打在孩子臉上，再用腳踹他，那個孩子跟跟蹌蹌退好幾步，連那個放卡片的架子都整個倒下來，這下子更是吸引所有人的注意，我站在那邊正要結帳的，我很想衝過去跟那個家長講：「孩子如果犯什麼錯，不適合在大庭廣眾前修理，我們帶回去再慢慢教。」

　　我都還沒有衝出去，正義之聲還沒有發出來，你就看到那個店長更慌張的衝過來，然後就一邊拉著爸爸、一邊扶著小孩站起來，還跟這個爸爸說：「先生、先生，也不用這樣啦！反正你兒子也不是第一次了。」我的天啊！這是火上加油嗎？

　　我看到那個書局的門口，那個孩子的媽媽站在那邊，媽媽就光站在那邊，動也不動，這一幕實在是讓我印象太深刻了，妳就站在那裡看這個孩子被拳打腳踢喔？沒多久孩子臉上腫起來，爸爸那一拳打得真重，那個媽媽從頭到尾，都沒敢說一句話。

　　我想這是不是所謂很權威的家庭啊？還是爸爸都是扮黑臉，媽媽也不用扮白臉？

　　讓一個孩子在大庭廣眾下遭羞辱，這難道是正確的教育方法嗎？

　　就算他做錯，孩子畢竟是孩子，就是我們說的學生，學生學習、孩子學習，學的過程，一定有犯錯的權利，重點是我們怎麼教？讓他能接受，讓他知道這樣的行為、後果，對他自己個人非常不利等等之類。

　　所以在教育裡面，「善用懲罰」是很重要的！

　　講到這個賞罰的賞，也不能毫無限度的，在教育界看到很多怪現象，尤其自己又剛從中國大陸北京回來。大陸一胎化政策，在北京，我看到一個小學的男生，自己訂了一個類似價目表的獎賞：

　　小考考 95 分以上，人民幣 100 元。

　　月考考 95 分以上，人民幣 500 元。

　　期末考考 95 分以上，人民幣 1000 元。

　　那個爸爸氣到沒話說，爸爸說：「我一個月的工資也不過 3000 元。」

　　那孩子就說：「有動機我才要念書，既然沒有獎金我幹嘛念書？」

　　所以這個「有賞有罰」的議題，也值得大家思考，我們平常給一些小獎勵是 ok 的，就像我的學生去當老師了，當老師的總是會鼓勵學生：「如果這次我們全班考怎樣怎樣，老師就請客吃……」

　　自己以前當老師，最喜歡用同學們喜歡的東西來激勵他們，我有先問過、調查過，結果同學的反應竟然說：「我們不要獎品，我們希望老師帶我們去郊遊烤肉。」

　　太好了，我覺得這還滿健康的，重點就是看老師有沒有這種時間，因為你平常上課，星期一到星期五，你願不願意週末假日兩天，花一天的時間跟學生相處在一起？

　　其實喔，在遊戲當中，在那個完全沒有學習緊張的氣氛當下，郊遊、烤肉、踏青、遠足、旅行、一日遊，也可以看到很多孩子純真的一面，可是我們太多的時間，都只鎖定在孩子的學習，還有我們教育人員自己的角色，只在意為人父母的，要怎麼教小孩等等。

　　所以我當年，是非常非常喜歡帶著我們的學生，準備好一些烤肉，分工後其實很方便！每個人準備一點，你負責青菜、你負責豬肉、你負責牛肉。找對增強物「投其所好」，永遠是教育裡的核心價值。

　　另外還要看父母親，會不會適得其所的扮演自己的角色。我能夠有這個機會出這本書，當初最早最早的原始開頭，是因為我在一個電視節目上，我提到：台灣這麼多的父母親望子成龍、望女成鳳、功成名就，希望孩子功成名就，要孩子名揚四海、揚名立萬、揚眉吐氣、光宗耀祖……，多少父母親希望這樣。

　　我自己對孩子的期望，卻只有那麼簡單的四個字「活著就好」，雖然也可以叫做成語一句，因為只有四個字，我就跟孩子們說：「只希望你們活著就好、活著就好，活得快樂、活得開心、平平安安、順順利利的長大。」

　　學習這個東西，教育這個議題，是人一生的功課，不急於這一時，因為現在的小孩教育的歷程真的很長，以前是十六年，現在大家又把教育提升，又往下延伸，現在多半要讀幼稚園，往上可能要讀到研究所，整個學習教育的路，長達二十年或二十年以上。我們為什麼要在孩子這麼小的時候，就揠苗助長，反而掐死、澆熄他們學習的動機或是欲望？

　　我們太 CARE 他們一時學習的結果，其實孩子只要有在學習，他終究會學習到吸收消化，有時候考試的題目，不見得

能夠考出他學到的東西。因為我們知道有很多叫「潛在課程」，他在無形中也學到了，那些都要在適當的時間，孩子才會反芻體會、領悟出來的。

比方我前面舉過的例子，我哪裡知道孩子們出去玩會這麼有計劃、有組織的，四個男孩四個女孩去墾丁玩，我原本只要一張名單而已，只要知道她跟誰出去？我哪裡知道他們會規劃好行程，還會規劃好每個人的職務。

這種規劃的能力一般說起來，書本上是不容易見到的。這反而要從一些課外活動，跟人家互動或是參加社團，才學習得到的。

所以我想父母親也不用那麼急於一時，把眼光放遠一點。我的先生自己都說過，說他一路讀到大學畢業，感覺都不是為自己在念，是為了父母的期望、是為了師長的期許、是為了社會的眼光，因為總是希望爸媽面上有光彩，我孩子多會讀，讀到省中、讀到哪個學校……可是真正為自己讀書，是得自蘇洵，蘇東坡的父親，年二十七始發憤為學的啟發。

　　二十七歲的外子，在他跑過船，到外面的世界去歷練過後，視野開闊了，他自己也知道說讀書不是為別人，是為自己，要再多充實，所以立下一個目標：二十七歲開始，才真正在為自己讀書！那讀起來那個動機就很強，那個勁道就很夠。所以他開始申請美國的研究所，然後出去念四年就把碩士跟博士修完。

　　為自己讀書，那股勁兒是很強的，父母是不是也等我們自己的小朋友，到了某個階段，開竅了、成熟了，讀起書來那個動機就很強，那個勁道就很夠！

　　所以這裡也是告訴各位家長，教育不急於一時，只要孩子每天都有在學習，他學習的「態度」遠遠比他學習到的成績、分數都重要很多。

　　父母親的觀念需要修正的地方是：孩子只要有一項專長，也不叫一項，如果能有多當然是更好，他只要學有專精，不一定要功成名就。

　　一般說起來，尤其男孩跟女生比起來，整個生理的發育、青春期平均普遍要晚兩年，所以一般小時候，成績好的女生

很多，男生可能只有在某一兩科方面比較突出，可是我們女生每一科都會顧到。所以感覺上國小，甚至到國中，女生成績好的普遍很多。可是到後來，後勁比較強、爆發力比較強的，很多其實是男生，也許他們成熟的程度，是晚熟型，所以讓他一拚起來，那個成績是相當可觀的。

可是一般父母親就會跟孩子說：「你只要功成名就，一生就吃穿不愁。」

如果你的孩子用這些話來反「堵」你呢？

「讀書很煩耶！你看不讀書，餓死誰了？」

「王永慶沒讀多少書，還不是經營之神？」

「比爾蓋茲大學沒畢業，人家還不是全球數一數二的行？」

儘管這些都是孩子似是而非的說詞，王永慶也好，比爾蓋茲也好，在學校的制式教育之外所下的苦工，孜孜不倦的學習鑽研，遠超出這些孩子的想像不是嗎？

成功的定義很難下，外人看起來是成功的，也許當事人自己未必認定；或是別人讚美你的小孩怎麼樣怎麼樣，已經很不錯了，品學兼優，但是父母親還是有「高標」下的不滿意。換另外一個角度看，孩子也會認為我已經這樣，以我的

程度，我能夠讀到這樣、有這樣的成績，已經很不錯了，可是老爸老媽還意見很多。

國父曾下過一個定義說：「一件事情從頭到尾做完，自始至終都能夠把它完成，其實也叫做成功。」所以重點是，不能半途而廢，學東西，就要學到有個成果，比方說學游泳，那種求生的技術，能夠從頭到尾學好，把這個技術眞的學起來，這也是一種成功。

功成名就，是一般父母對孩子的期望，我倒是要呼籲，向德國看齊，很早以前，大家就知道德國是一個很嚴謹的國家，某些民族特性還滿像我們東方人、像台灣人。尤其他們強調「學力」，而非「學歷」的絕對力量！

你有這個學習的能力，學習的力量很夠很強，這個學習的能力，比一張紙的文憑，要重要的多。

有兩件事情可以證明，個人的親戚中有一位是在德國念書的，光碩士就念了很久，因爲德國比較講究師徒制，不像我們所熟悉的美國的制度是學分制，你到什麼時候該考什麼試？該拿到什麼學位？都很明確。

　　可是德國這個國家，就有點像我們傳統的師徒年代，老師帶徒弟，老師認為你可以畢業了，要放你了，你才能畢業。因為老師要確定你都學到了他的傳承，教育才可以告一個終點。從頭到尾把一門專業學好，老師會在這個過程中，很鼓勵研究生要多看、多聽、多學。

　　我這親戚曾經也到中國大陸去看他所學相關的東西，也曾經在歐洲各個國家遊覽，都是要充實他所學專業的內容，那既然碩士都念了很多年，老師才放他畢業。專業領域的深廣度，絕對不像我們一般人所想像，修個兩年三年學分便能打發的。

　　可是最近我們聽到更多一年就可以拿學位的，很多人在打聽這樣子的學校，讓人覺得比較像是急就章，急於要拿到所謂的「功成名就」入場券，光有那麼一份證書，這門專業素養踏不踏實？反而讓人家很起疑寶。

　　德國嚴格要求學生結結實實地做學問，扎扎實實地學完，令人敬佩。德國還有一項最值得我們學習的，某位市議員到德國去考察，回來以後跟我分享一個資訊，又驗證了德國人嚴謹的一絲不苟。

　　他說：「德國的父母親，從小會幫孩子做類似我們叫做

軼事卡的東西，或是我們在生涯規劃這個領域講的專有名詞，叫『生涯檔案』，會幫孩子做這樣一個檔案，從小紀錄這個小朋友，從幼稚園、小學對學習什麼非常的投入、很認真這一科目的作業，或相關的活動。」

這整個觀察記錄，會讓小孩學習興趣都來了，動機很強，這其實就是孩子最大的一個學習助力，父母師長沒有觀察到？還是只是要他讀死書、死讀書、書讀死、讀書死，nothing else but study，那到最後就變成書蟲了。

Just a bookwork，如果可以，父母親在家裡做這樣子的記錄，看得到、觀察得到的，而學校的老師也相對配合，學校老師在做所謂的 AB 卡或是在評量學生時，也可以很仔細的記載這個孩子在哪個學科、哪些活動上面，好奇心很旺盛、學習力很突出，這個都可以做記錄，兩相對照之下，聽說德國的學生到了高中，就非常明顯的知道自己的未來。

我該讀一般的普通大學？綜合型的大學？還是我應該要往我自己有興趣方面的技職體系去發展？這麼一個寶貴的資料記錄，令人非常佩服，德國人這一點做得非常的好。他們不是我們國人所謂萬般皆下品，唯有讀書高；絕對不是只有「智育掛帥、分數比命大」的這種想法。

當我這個親戚花了十二年工夫，拿到碩士學位以後，也有去讀博士班，可是他讀了幾年，後來想想又不是要很鑽研做學問，讀到博士課程都是到很抽象、很研究導向，他反而比較喜歡實務型的，或是有些作品、成品顯現出來，而不是只是在研究、學術上。所以他便毅然決然的放棄博士學位，雖然他也知道博士學位，是東方或是亞洲父母更特別重視的，但卻非他個人想要的追求。

他認為憑他一個學設計的技術，很會畫畫、基礎很好，在國外，如果週末假日有地方辦嘉年華會或是市集，或是跳蚤市場，開著他的行動藝術車，（國人聽過咖啡行動車，就是把這個車子一打開，裡面什麼設備都有。）我們這個親戚就可以把藝術行動車打開，裡面有他自己的作品、成品，可能也有半成品、也有這個又像畫又像字的藝術品，深得德國人的喜愛，甚至於在畫廊裡面固定的展出，人家看到喜歡，還可以跟他預訂 order。

這位親戚告訴我們，如果生意很好，當然不是天天有，生意好的話，曾經一天就可以有將近 10 萬塊的收入，這是最高的記錄。他反問我們一句：「我如果一天可以賺個十來萬，那我何必要拿 PHD？我何必非要拿到博士？我何必非要符

合大人眼中的功成名就？」

　　他做到他喜歡做的事，他自己非常 enjoy 自己的這一份工作，也是他的專業，我想這個會給很多我們台灣的父母親一個提醒，就像我自己的小朋友，也都不是所謂念書的料，也不能怪他們，輸在起跑點的孩子，你要怎麼帶她，其實並不是那麼容易。

　　所以，當我們的老大有興趣發展課本以外的東西，我們當然也是很鼓勵。她舞跳得很好，又會編，充滿想像力，然後自己也愛練習。因為她有動機，當大家都在忙著高中聯考的時候，就看她帶個收錄音機，裡面是各式各樣的音樂。人家都在家裡在圖書館在學校，埋首苦讀，準備考試。她卻自己一個人很 enjoy 的，到我們成大的校園空曠的地方，走廊穿堂，在那邊跟著音樂，學舞練舞。

　　還三五個有志一同的朋友，大家出點錢，去自己請老師來教，然後還在學校成立熱舞社，這個叫街舞，或是叫 Hithop。一路看她這個嗜好演變到現在，雖然在國外求學，也能夠在念書之餘，繼續在這方面鑽研，始終沒有放棄，能夠參加舞群，又有更專業的老師訓練。或許她是舞群當中唯一的東方臉孔，可是她的認真、執著，對這方面的興趣，也讓做

父母的我們很感動；只要她有演出，我們都很願意去欣賞。

　　這也是教育的一環，所以不要壓抑孩子某方面的才華。我自己的第二個孩子，從小就愛畫畫，先從人像圖、人形圖，慢慢畫起，很可愛的童畫。還記得國小三年級的時候，我帶她去聽馬英九先生，在當台北市長時的演講。她哪聽得懂啊？我們聆聽，她就在旁邊畫。

　　她一直問我要：「媽給我一張白紙！給我一張白紙！」

　　那天我疏忽了，沒有幫她準備，那我只好隨便從一疊，那時候也不知道什麼東西，就隨便這樣撕下來：「好啊，妳就畫吧！」我們就很認真的聆聽，等到快聽完的時候，孩子拿給我看：「媽！你看我把馬英九畫這樣，這是我畫的馬英九的肖像！」

　　馬英九先生結束演講的時候，我有提問，我說：「在我提問前，可不可以容許讓我的小女兒，把她剛剛很得意的幫馬英九馬市長畫的一個肖像送給他？」

　　馬市長馬上說：「在哪裡？哪位小朋友？」

　　因為小女兒坐在第一排，所以就很高興的把這張畫拿到講台邊，那個講台跟那個地面的落差很大，我就看到這個小女生，小學三年級，個兒也不高，就一隻手把這個畫拿出來，

舉得高高的，要給台上的馬市長。我那時候第一個反應是完了完了，如果這在一般的父母親看起來叫做沒禮貌，因為照理說拿給長輩應該是兩隻手，可是我想這也是孩子另外一個天真、童真的表現。

然後馬市長拿起來一看：「哇！小妹妹把我畫得好漂亮！眼睛這麼大。」我想一般孩子在畫畫都是一樣，都會把某個部位特別突出吧？馬先生還說，把他畫得很像林志穎，所以很高興的收下，還捏捏我女兒的小臉頰，跟她握握手。

當我們出來的時候，小女兒還說：「媽媽！我以後不要洗手了！也不要洗臉了！」可見她個人對馬市長，是還滿尊敬滿崇拜的。

這是小女兒的興趣，從小愛畫畫。每天報紙送來，裡面有夾報，一般人都是把夾報看也不看的扔掉，我們都是看報紙的主體。可是這個孩子就對報紙的夾報，裡面的廣告，尤其是建築、設計的廣告，特別有興趣。或者我們帶她去家具店，去挑家具時候，她會自己跟店員「啦咧」。慢慢的這樣隨便聊一聊，會聊到說：「你們有沒有什麼過期的雜誌啊？因為這些家具設計也是一種設計，空間的設計。」

從很多小地方你就可以看出來，孩子對哪方面有興趣，

就是我們教育最能夠著力的地方。以前我們的父母親都只告訴我們：「你就是好好念書，書中自有黃金屋，書中自有顏如玉。」我們就受這樣的思想一路走過來。

所以教育這個議題，可以切入的層面實在太多，從很小，生活教育也是一種教育，跟孩子講紀律、講責任，也是一個家庭教育。家庭教育是一切教育的基礎，親子教育是要為日後的學校教育打基礎的，所以如果跟孩子之間的互動，教他的口氣、態度，或是強調的內容，重視的都是這個「功成名就」，結果跟孩子自己所想的，有落差產生時，也是該父母親跟孩子坐下來好好溝通的時候。

教育可以從幼稚園、國小，到國中，到高中，到大學，現在每個人學習的路程變得很漫長，幼稚園的三年，國小的六年，國中三年，高中三年，現在大部分百分之八九十都會念大學，再加四年，甚至於有超過一半的人，是要念研究所的，再加研究所的兩年或三年，整個一條學習的路，長達二十餘年，我們怎麼樣在這條，在學習的路上陪伴他，為他打氣，幫他分析，而不是代替他做決定！

如果孩子有一些迷惘，不知道該走什麼方向？我們盡量站在分析協助的立場，跟孩子提幾個選擇，options、alternatives、或通俗的講法 choices，他應該有很多選擇的，他選擇這個會怎樣？如果換一個，又會怎麼樣？

記得當年我們家的老大國中畢業，到底是要讀普通高中？還是要去讀專科？因為以她的興趣、學業的表現，如果念普通高中，其實是滿辛苦的。因為國文程度比別人差，數學物理化學也都是敬陪末座的多，她一枝獨秀的就是英文好。

所以我們當初有考慮過，要不要給這個孩子國中畢業去讀五專？五專就第一選擇是文藻外語專科學校，因為她語文強，也許除了英文之外，還可以讀什麼第二外國語啊，等等之類的。

可是問了一下孩子：「妳將來想做什麼？妳未來的打算怎麼樣？」

也許不是很明確，可是你聽得出來，她是有自己的憧憬，有自己的想法，不是光走語言這條路的。

比方說有些孩子，也許很天真的想：「我最想當醫生，我對人體最有興趣。」其實他有興趣，不見得有能力。因為他這方面學科的表現都是在水準以下，甚至經常是從後面數過來比較快，可是他有這樣的憧憬，你就不能把他硬生生塞

到這個所謂的專科學校去，只去加強語文，去學語文。語文其實是一個很好的工具，可能是有利的武器，但是拿語文再來學一個專業豈不是更好？這點可以跟孩子說分明。

前一陣有個朋友問我，他的孩子能力很強，讀台大外文或是讀台師大英語系都不成問題的，是不是要去讀這些個系？溝通的結果，發現孩子還有他自己的想法，他將來比較想要在企業界有一番表現，拿語文當工具即可，所以這個孩子後來就讀了會計系，英文也沒有放棄，因為你如果讀大學、讀研究所，一定有很多讀原文書的機會，無形中也提升了英文的能力，然後又多學一個專業，何樂而不為呢？

一路從小學、國中、高中、大學，每一個階段的教育可能都會遇到瓶頸，或是遇到十字路口。如果像德國這樣，很早就幫孩子做分析，就注意孩子的一些性向、能力的發展，相信不會這麼為難。到了國三，或是到了高三，面臨 decision point 時，就不會有這麼多的疑惑。

這是我們在教育裡面要特別強調的，請家長們務必捨棄，一定要放掉「我就是要我孩子功成名就」！

這兒有個很真實的例子：一位重點高中，很有名的高中校長，我認識他的時候，大概已經五十多，快六十了。這位校長就告訴我說如果早一點認識我，他不會讓他自己的兒子冤枉走這麼多路。

「冤枉？」我說：「怎麼會？校長您是教育家！而且當到這麼好的高中中的校長！」

他說：「我兒子當年是讀建國中學的，台北建中。」哇！一流的好學校！「可是當年孩子跟我講說，高一升高二要分組，居然說他想讀社會組，被我狠狠臭罵一頓。」

這個校長說他當初不贊成兒子的選擇，是認為男生就該念自然組，而且都讀到建國中學，當然是以自然組為主。校長的觀念是認為如果要讀社會組，哪一間學校不能讀社會組啊？兒子既然讀建中，就是要讀自然組。

也不知道這是什麼邏輯？其實有一些人的觀念真的很偏差！總覺得讀社會組不如自然組，那你是看不起讀社會組的人，你不是光看不起我們喔，你包括看不起現在的總統跟上一任的總統。因為他們都是讀文、法、史、商裡面的「法律」，也是屬於社會組啊。

所以這個兒子沒有辦法，因為爸爸又是校長，又是權威

型的人物，他就讀了自然組。成績一直表現很好，雖然興趣不在此，卻很有能力，也讀得還不錯。建中畢業的時候，一考就考上台大電機。

可是孩子的性向、興趣又不在此。於是跟爸爸打商量：「我可不可以轉系啊？我已經讀到台大，進台大了。」

校長大人說：「你讀了全國最好大學的最好科系，轉什麼系？」

孩子鼓足勇氣說：「可是我對哲學比較有興趣。」

校長告訴我，說他當場差點沒昏倒！天啊！讀什麼哲學系？

因為一般外人不了解哲學系在讀什麼的？對哲學系的刻板印象，莫非就是吃不飽、餓不死、讀到還沒畢業就自殺。意思就是說，也不知道哲學系在研究什麼？每天在講人生的大道理，可能越想越鑽牛角尖？所以這一位父親很反對兒子剛考上台大就想轉系：「門都沒有！」

這孩子從小屈服父親的威嚴，又乖乖讀了大一這一年，成績沒有說很突出，勉勉強強可以。大一升大二，又跟爸爸提出還是想轉系，仍然被打回票。

大二升大三最後一次機會，因為再過來就不可能轉系，

可能要用雙主修的，或是修輔系的方式，校長爸爸反正都是沒得商量地反對，一直跟兒子強調：「台大電機了不得！還沒有畢業就很多工作在等你，就業絕對沒問題！」

這個孩子很勉強的終於把四年讀完了。成績是怎麼樣？All pass 通通通過，But low pass 但是都是低分閃過，他就維持一個自己不要被當就好。

話說到了畢業典禮這一天，校長夫婦很高興的從南部到台大去參加兒子的畢業典禮。兒子戴著方帽，大概剛剛領到畢業證書，每個畢業生都笑嘻嘻，很多人手上抱著花，跟家人爭相照相，這個兒子看到父母親遠遠從走廊的那頭過來。

他迎了過去，就在這個校長的前面，咚一聲把膝蓋跪下去，然後像古時候的臣子，拿著奏摺要跟皇帝上奏一樣的姿勢，把那個手上的圓筒狀的畢業證書，拿高高地交給校長說：「爸爸！這台大工學院學士的畢業證書，是為您讀的！請您收下！」

校長氣死了：「你在搞什麼？這個走廊來來往往多少人？你幹嘛？你給我起來！」

兒子卻說：「您不收下，我絕不站起來，您收下我才要站起來，因為這張畢業證書，本來就是為您念的，您朝思暮

想要的！」

　　校長氣到沒話說，過路人的眼光，實在是很讓他窘迫難堪，就伸手把畢業證書抓過來，兒子站起身，很慎重地跟父親說：「我接下來想先去當兵⋯⋯」

　　這一心想念哲學系的孩子，當初不受到校長爸爸的認同，他認爲在畢業典禮後，對父親的要求已經「達成任務」，可以交差了事了，所以跟父親力爭往後，讓他走他自己要走的路。那他的路是什麼路呢？就是先當兵，當完兵再考大學，再回大學裡念哲學系。

　　校長很懊惱的跟我說：「如果早點認識妳，我又何必去阻擋孩子的路？」

　　我當時忍不住問了一下校長：「請問校長令公子現在在哪裡呀？他幾歲了？」

　　校長說：「38 歲了，在德國念哲學博士學位，還在念書。」

　　38 歲還在念書其實很少，我自己個人也是，念到 38 歲才拿到 PHD，但因爲我是女性的角色，有孩子、有家庭，所以沒有辦法很專心全意全職做這個 full-time student。可是這位校長的兒子，38 歲才剛到德國念書，過了幾年，等到這個校長從公立學校退休，到私立的學校去任教，很巧我又被他

邀去演講。

　　我追問了一下校長：「您公子現在呢？他哲學讀得 OK 嗎？讀得很順嗎？讀得怎樣？」

　　校長感慨的說：「從此之後，我再也沒有再擋孩子的路，孩子讀得很有興趣，終於讀完畢業了。而且這段時間，多虧他媳婦，照顧著孩子、照顧家裡，然後讓先生沒有後顧之憂。已經在德國拿到哲學博士，而且回台灣在某一所私立大學，當哲學系的助理教授。」

　　那孩子終於也是達成他的願望了，能夠按照自己的興趣去發展，或許有一點兒晚，四十多歲，但是我想他人生不在於長短，在於寬度，他過得很精彩，因為他自己學到要走的專業，所以這一個很活生生的例子。

　　還有一個印象很深刻的例子：某國立大學的企管系畢業，已經非常好了，但這個小女生當年考上的時候，還是覺得不滿意，既然要讀企管，非台大企管不讀！本來要重考，可是我覺得沒有必要大家都去鑽台大吧？金字塔的頂端能收的學生，也只有那麼多，為什麼非要爭第一不可？他這個學校非常好了，就僅次於台大。

　　這個小女生接受了大家的勸告，其實她讀的學校企管

系、企管研究所才棒呢！讀完了四年，對這個領域 SO、SO，仍然沒有什麼太大的興趣投入，反而對這個比較屬於藝術鑑賞、美學方面比較有興趣。

她父母親的經濟條件都還不錯，爸爸是醫生、媽媽是公務人員，所以還把這個孩子送到英國，送到英國去讀企管的 MBA，讓這個孩子也拿了一個學位回來。可是很奇怪的是，沒有那麼大的興趣，拿到了這個學位，回來以後找工作，就不想投入這個領域。

她熱衷去那種類似歷史博物館、故宮博物院流連鑑賞，一心鑽研審美的東西，一些骨董、畫作等等，連找工作，都挑一些比較有鑑賞角度的地方應徵。約莫也做了兩三年，然後又辭職了。問說為什麼？她說：「因為那裡面死氣沉沉，像二十多歲不到三十歲的工作人員很少很少，連一個年齡相近的同事都沒有。」

有時候，在生涯規劃裡面講到工作價值觀，什麼樣的工作吸引你？你會考慮到跟你一起工作的同事，co-worker 一起工作的人。她說在裡面非常的孤單，沒有同年齡的同事可以對談，都是爺爺、阿姨級的。

這個孩子居然在去年的農曆春節一過完之後，突發奇想

跟醫生爸爸、公務人員媽媽說：「終於知道想做什麼了，雖然已經快要三十歲了，我想要去補習班補習，要考學士後醫，我要讀學士後醫。」

全台灣還好這一兩年又有增加招收學校，否則有一段很長的時間，學士後醫只有高雄醫學大學在收。這孩子意志很堅定，到補習班繳了幾萬塊的學費，都已經離開學校那麼久，而且不同的領域，可是她很認真、拚命三郎，把以前高三的精神都拿出來，孩子很認真的念念念，從三月就開始為第二年的學士後醫準備，前前後後拚了一年有多。

到了放榜，哇！四間設有學士後醫的，一間都沒上，這位年齡已經接近三十歲的輕熟女，連續幾個禮拜的周末，都到山上師父那邊去學打坐、打禪七，或許她在思考，努力了一年多居然沒成，是不是代表某種程度的否定跟失敗？

其實不然，我後來聽到的說法是，通常考學士後醫的學子，考了三、四次才會上的，算是正常，很少人是一次就上，而且又跟原來讀的領域差這麼多。我不知道這位輕熟女會不會再繼續考第二次或第三次？

這也透露出台灣教育的一個盲點、或是一個缺失，就是很

多人自己受了好幾年的專業訓練，甚至讀到研究所畢業，可是到頭來，會去否定原本所學的專業！

　　也許最早、最初的那顆心，你真的喜歡這個專科嗎？你如果喜歡、又有強的動機，就會想辦法克服一切困難。可是如果你念的這個領域，這個方向如果走錯，只是社會比較認可的，大家都很看好的、父母親期許你做的，那又截然的不同了。

　　我希望普天下的父母親，都能夠去多了解子女，也就不會被子女這句話嗆回來：「功成名就、功成名就算什麼啊？到很多人沒讀什麼書，人家一輩子也是不愁吃穿。」一輩子不愁吃穿，有的是祖先庇蔭得好，家有祖產、或是就直接繼承的，可是這個畢竟不多見。

　　我們一般都是凡夫俗子，還是得靠自己的努力，可是自己的努力就要選對專業，在教育這條路上，我永遠記得先父、我的父親在五十多歲就過世了，那時候我已經是大學生了，先父之前就對我們兄弟姐妹說過：「說教育是最好的投資，也是最不花錢的，因為軍公教子弟嘛！都還有一些補助費。」

　　爸爸當年的意思應該是指，接受教育，會改變你的社經地位。我後來才學到這個字，叫 Upward　mobility，Upward 向上，Mobility 流動的，Upward mobility 是向上的流動，如果你書念得好，如果你學到的專業、是你很喜歡，打算為終生志業，而不是只有一個職業或是一份差事，「差事」聽起來，就像交差了事，不必很負責任。可是如果是你的志向、一生的志向，是你生涯發展的主體，那麼就恭喜你，我想你這一生，即使在這個路上遇到顛簸，一些困難挫折，你都會想辦法克服，因為那才是你的最愛。

希望普天下的父母親都有這樣的體認，協助孩子去發現他的專長、他的興趣所在，好好的培養，而不是被「商業操作的廣告語言」傻傻牽著鼻子走：「孩子，你要比我更強，千萬不能輸在起跑點！」

別一味的苛求孩子：「一定要像隔壁的大哥哥、對面的大姐姐，像你的堂哥、像你的表姐，像誰誰誰家孩子，把書讀得那麼好！」

我非常不喜歡這樣子的比較，因為不是每個人都是念書的料、都是適合念書的，請相信，請細細觀察每一個孩子，都有他們獨一無二不同的特質，好好栽培，不要揠苗助長，一樣會有圓滿收穫的。

第六章

當阿宅也犯法咩

　　很多父母親，從孩子還很小的時候，便該有個體認：在快樂中成長的小孩，是最身心健全的。

　　家庭不只是有所謂的經濟上的功能、或是教育的功能，更應該教孩子正確的娛樂休閒，或如何跟別人分享、快樂相處，包括了玩的方法、玩的內容、玩的法則……

　　當孩子慢慢長大，發現他的生活作息變得很不正常，吃喝玩樂沒有限度，普天下的父母親都是 angry、so mad 一定很生氣！但發火之外，請想想這個孩子，從小有沒有在父母所營造的一個快樂、愉悅的氣氛裡面成長？

　　如果一個孩子，從小在家庭的氣氛中，是很嚴肅一點都不快樂、沒有愉悅的氣氛，我想他長大以後，嘴角要上揚恐怕很難吧！我是一個學心理學的人，經常在路上行走、坐電

梯、捷運、高鐵，我喜歡觀察人，因為心理學就是一個知人的學問，知道別人也能夠知人知己，才能夠百戰百勝。

所以當我發現我看到的百分之八、九十的人，要不嘴角平的、要不嘴角向下、要不就眉心皺起來……很多朋友，兩眉間的直向紋刻得很深。我才會想說，台灣這個環境，真的不是很快樂，或許是因為保守和傳統，父母不輕易流露舐犢情深，比如來個熱情的擁抱、親親小臉蛋等等，這是很值得被每一個家長認同，重新學習的課題，然後再傳遞給下一代。

自己以前談戀愛的時候，認識過一個男朋友，家裡氣氛之嚴肅，我不能講禍及三代，但是一代傳一代，我現在看到這個家庭的第三代還是很嚴肅、不苟言笑，什麼事情都非常認真、嚴肅的對待，似乎開不起玩笑。

比方說農曆大年初一，應該是一個大家都放輕鬆、享受歡樂氣氛的節日吧？

大家忙了一整年，就是要等著農曆過年，大家開開心心放下手邊的工作，能夠歡度春節。可是當我大年初一，到這個男朋友家裡去拜年的時候，那個時代我們都還是學生，我發現怎麼他們家兄弟姐妹，每個都坐在院子裡面讀書？

我想今天是大年初一耶？可是這些孩子，背負著父母親

的期許長大，父母親認為你們個個，將來都要給我當醫生，考上所謂的醫學院，不管你是內科外科、你是牙醫、你是中醫，除了從醫之外，是沒得商量的選擇。

現在事情已經過了三四十年，果然這幾個孩子，前四個都是醫生，只有第五個他是學藥學的，在當藥劑師。可是他越活越不開心、越過越不自在，每次全家團聚在一起，大家在講我的這個患者怎麼樣，你的那個病人又怎麼樣，他覺得自己只不過是個開藥局的，人家只是來買藥，只能講講我的客人怎麼樣怎麼樣。這個最小的老么心有不甘，很努力準備中醫師特考，終於也讓他拚上了有執照的中醫師，好歹和兄姐在一起，也是個可以平起平坐的醫師。

這樣的家庭，在台灣比比皆是、很普遍，因為重視成就的家庭，是會把快樂放在一邊的。這讓我想起一句有對稱的話：

通常，出色後面，跟著多半是憂傷；而平凡後面，卻常跟著的是快樂。

不知道家長們是要平凡但是快樂的孩子？

還是要一個出色，但是後面始終跟著憂傷的孩子？

我自己是絕對選平凡但快樂！

我也希望我這一生，始終朝這個目標在努力，因為我不喜歡在出色風光表象後面，跟著許多苦澀的憂傷。

台灣注重所謂的「資優生教育」，當一個孩子被鑑定出來是資優生，我感覺在那一剎那，他就背了一個無形的十字架！

從此以後，所有的一切表現，都是要被用「資優生」標準來看待，這孩子一生背著十字架能走去哪裡？要一直背到什麼時候？擔心的是孩子來不及長大，就被過高的期許、太多的壓力，壓到心中毫無快樂。

太重成就的家庭，沒有製造歡樂氣氛；若是可以營造歡樂氣氛，又能夠教出有專長的小孩，那當然是最完美了。可是事與願違的多，我相信在台灣，如果要對孩子們，做快樂指數的評量，應該得分是不高的。

一般的家庭都經營得太嚴肅，所以我們一定要努力的提倡，讓你的家庭有一個所謂的「親子溝通日」，有一個大家共同在一起，不一定要花錢，一起做個什麼活動都能開心的共享，這樣子才能夠把快樂的環境營造起來。

　　從小培養孩子一項好的休閒娛樂，不論是動態或靜態，只要是孩子真正的興趣所在，那是可以讓他自己一生自娛、也能夠娛人的，或是在他情緒最困擾、最挫折、最低點的時候，他知道 how to cheer him or hershelf up，如何把自己變得快樂些！

　　一旦嘴角向上揚，笑看人生，充滿彈性思想出現，轉念隨之而來，會發現事情不是大家原來看的那個角度，有更寬闊的一個空間可以讓你去嘗試，這其實是一個正向的教育方法。

　　很盼望家長們，能夠在「娛樂」這一塊，從一開始營造家庭之初，就跟配偶有一個協商：平常工作日，禮拜一到禮拜五大家都是很認真、很勤奮、很嚴肅的看待自己的學業、課業、工作、職場，但是能不能在下班之後，或是在週末假日，全家能夠一起共同做一件什麼事 enjoy　family，家人 getting togeter 在一起的共享？

　　平常的日子，我就是提倡三餐中，要有一餐跟孩子吃，而且吃飯千萬不要以「成績檢討」為清算，一坐上餐桌，飯菜都還沒動，爸媽一開口就問：「今天考試幾分？第幾名？

要是退步，皮就給我繃緊一點！」

　　其實這個很殺風景，這一頓飯想必不好吃，食不下嚥，消化也不好。

　　但是如果你可以改個角度、改個方法問：「今天在學校發生一些什麼比較特別的事，有沒有什麼特別好玩的？」整個用餐氣氛馬上不一樣。

　　我看過一個家庭，是很喜歡在飯桌上爭相輪流講笑話的。所謂的爭相輪流是爸爸講笑話，才講一個，孩子就搶著舉手：「該我了，該我了！」有時候大人甚至願意把這個機會讓出來，多聽孩子講笑話，即使是個老掉牙、或已經重複聽過 N 遍的笑話。

　　我看過一個很嚴肅的媽媽，不苟言笑，是台灣人嫁給美國人，我覺得美國人的家庭氣氛，一般說起來都比台灣輕鬆些，這位媽媽應該是屬於比較傳統型的吧？希望孩子各項才藝不輸人，媽媽的信念是：「與其讓孩子漫無目標的荒廢時間，跟左鄰右舍小朋友玩在一起，那些時間都浪費掉了，不如把這些時間拿來逼他們學才藝。」

　　所以他們的兩個小孩都是很早就開始學這學那，小提琴、鋼琴、游泳、芭蕾舞、踢踏舞，你可以想像到的，她小

孩必然一定要學。這位媽媽雖然不是全職工作者，偶爾做一點 part-time、爲了這兩個孩子，可以完全在家裡當 house-wife，忙進忙出，接送完這個送那個，送完那個接這個。

她的美國丈夫就一直想不通，拜託過我好多次，跟這位我們東方女性，很注重成的媽媽開導開導，說孩子要有一個快樂的童年。可是這媽媽的觀念很執著，卻認爲說：「快樂是學不到東西的，孩子這麼小像海綿，就要多給他吸收。」

這位媽媽也不解的說：「當孩子有小提琴發表會、有舞蹈表演、踢踏舞，坐在下面這個美籍的爸爸，那臉上得意的笑容，覺得這一切的辛苦，所有強制要求的一切，都是值得的。矛盾吧？」

我跟他們家庭的互動滿好的，可我覺得這是一件很辛苦溝通工作，對孩子來講，他們該做的事沒有做完的話，那個母親一發飆不得了，也會看到這個媽媽手上有什麼就拿什麼打人，我想這樣子的氣氛，應該是沒人樂於見到的。

有一些媽媽叫孩子要離開某個地方，孩子還不肯離開，在那邊拖拖拉拉，這個母親拿起正在穿的鞋子，就直接丟過去。我也看過有個孩子洗完澡、洗完頭，不肯馬上吹乾，在那邊分心玩耍，媽媽就用吹風機 K 下去也是有的。

　　每個家庭，國有國法、家有家規，就不能不對孩子做一些規範，比方說要不要給孩子設定門禁的時間？不能讓他玩得忘形過頭了，這個相對於我們前面說的，遊必有方是正好一百八十度的對立，所以應該是跟孩子講：你如果要出去，要去哪裡？跟哪些人在一起？也應該跟父母說一聲。

　　我曾經在成大做過一個調查，生活作息很不正常的孩子大有人在，我想要告訴家長，也許孩子已經是大學生了，全班六七十個人，我問他們：「在座各位同學，晚上十二點以前上床就寢的請舉手。」

　　真的，六七十個人，竟然不到十個？那是個位數字，而且舉手的同學還會被旁邊的人笑：「變態喔！有人那麼早睡？你怪胎喔？」

　　大學生，你要他生活作息正常很不容易，尤其是如果有很重的課業壓力，要趕圖、要做 project……甚至約會或出遊。父母親也不用這麼擔心，離家在外的孩子，生活作息我管不到，那怎麼辦才好哇？

　　當孩子都已經念到大專院校了，為人父母的就該學著要放

手，讓他去經營他的生活，他作息再不正常，等他將來要就業的那一天，在職場上，工作自然會要求他！現在求職不容易，有了一個工作，至少你的出勤狀況、是很容易被列為考核指標，上司都是要評估的。

所以我們父母親如果要求孩子生活作息要正常，是當孩子還在家在身邊的時候，可能是高中生、國中生、小學生，就該培養出生活作息正常成自然的習慣。我以前就規定孩子，十一點上床，最遲最遲不得超過十二點，我總希望她們至少有六七個鐘頭左右的睡眠，這是最基本的，否則一定會影響第二天上課的學習。

在日常生活的食衣住行育樂裡面，這個「樂」字，最被不當一回事，由於父母親管得太緊，也沒有將心比心的去回想，自己當孩子、當學生的年代，不也曾渴望能痛痛快快、好好的玩耍嗎？

我有一個同學在開診所，慌慌張張打電話來：「妳這個教育專家，請給我一點意見啦！我老婆幫我的孩子整理房間。」一聽到整理房間，我就眉頭皺一下，又是一個「直升機」型的父母，只是他在電話的那一邊，看不到，我覺得父

母親沒這個必要、沒這個義務要去幫孩子整理房間。

「我老婆幫國二的孩子整理房間，卻在枕頭下面，發現五六十個打火機。」

我第一個反映，是故意半捉弄地說：「哇塞！你國二的孩子抽菸抽得兇喔！要這麼多打火機。」

他還奇怪反問我說：「你上不上道啊，你聽出來沒有？」

我笑著說：「我知道，你的孩子很喜歡看打火機上面的裸女照，什麼三點式的，都穿得很清涼很搔首弄姿誘惑人對吧？。」

「對、對、對，太過分了，這才國中生而已，滿腦子想的是什麼？」這爸動怒了。

我心想：也許這也是他娛樂的一小部分啊！我就問這個爸爸說：「那你打算怎麼辦？」

「他今天放學回來，就給我皮繃緊一點等著。」那個爸爸一副很兇狠的樣子，說他不該在這年紀有這樣子的一個嗜好，看那個不該看的什麼亂七八糟東西。

我跟這老爸說：「那個打火機上面那些清涼照未免也太小了吧？我們這種年紀，還得要拿放大鏡看，太小張了，不夠看啦！」

　　因為這個爸爸以前就跟我一路從國小、國中一起同學長大，我問他說：「老兄，當年你是國中生，你青春期在發育的時候，你難道對女生的胴體從來沒有幻想過？你沒有憧憬過？你沒有做白日夢過？」那個爸爸被我問到真的有點不好意思，久久答不出話來。

　　「不過就是那麼一回事嘛，將心比心啊！孩子在這個階段對異性的好奇，不管是心理層面的很想跟一個異性交往，或生理層面的對自己個人的發育，或是對異性的發育，一定是充滿了好奇心。這很正常啊，要是他一點都不好奇，你還真得傷腦筋了。」

　　「所以打電話請教你啊！妳說說看，聽妳這教育專家的。」好個同學，想將我軍。

　　「不敢說是什麼教育專家，如果我是你，我可能要藉一個名義，藉一個不管是他，比方成績有進步啦！對媽媽態度變好了，（因為聽說這個孩子，非常不尊重母親，有時候跟媽媽講話，那個比一言九「頂」還要超過好幾倍，有時候還會直接跟媽媽對嗆：妳看妳念書念得多好呀，那又怎樣？妳白天當老師回到家，還不是跟個老媽子一樣！）所以如果這個孩子態度有所轉變，也可以拿來當獎勵。那我會建議你，找

個名義買一本寫眞集，然後送給孩子當禮物。」

我那個同學聽到我這樣建議，下巴大概好險沒脫臼！

「饒夢霞妳在搞什麼？我要打他都還來不及，妳還叫我去買、買什麼、淸涼寫眞集，這怎麼可能？」同學說得結巴，怕是被我嚇到吧？

我話鋒一轉：「你想想那個畫面有多溫馨，你買了寫眞集送他，你們爺兒倆，你是一個快五十歲的男人，你的兒子才十幾歲是靑春期的孩子，你們爺倆坐在那邊，一起翻著寫眞集，一起評頭論足，這個太大、那個太小、你不覺得那個畫面也挺溫馨的嗎？而且孩子當知道你並不反對他，卻因爲他這個年紀，對這類事情，關注力比較好奇，你能夠放下身段跟孩子一起欣賞淸涼寫眞集，孩子會有超意外感動，有什麼不好？」

我一直都認爲，當檯面下隱諱的事情，放到檯面上的時候，那個問題就不是問題了，也沒什麼好神祕的。

何不把這種地下化、檯面下隱諱的這種事情，化成正大光明？這是每一個成長過程中，人自然而然有的一個過程經歷，不必太過驚慌、惶恐。

　　國中生很喜歡假借：「爸、媽，我要去書局找書。」，「我要到漫畫屋去借漫畫。」然後一進家門第一個動作，把夾在漫畫裡、夾在書裡的色情光碟，先找個地方藏好，等到了半夜一兩點，確定爸媽睡著了，他自己爬起來「獨享」那張光碟，現在也許連光碟都不用，因爲太多色情網站不設防，你以爲這樣是好的娛樂嗎？

　　我們當然也覺得不是，所以在管理孩子上網也是要很注意。也許剛開始父母親不曉得，還暗暗自喜說：「我們這孩子很認眞，都是先睡一下，半夜再起來，你看他這房間下面的燈還亮著，孩子都是等夜深人靜起床K書的。」

　　等發了成績單，或時日一久，才知道根本不是那回事，也許這個孩子因爲享受這種娛樂，而精神耗光倦怠、半夜沒有睡好，第二天睡眼惺忪、精神不繼，眞是一件讓父母很氣餒的事。如果，孩子的生活作息，太奇怪不正常，也許也可以去「當柯南」，推敲查查背後的原因。

　　我也看過有人對自我要求太高，父母親都是類似公務人員，準時上下班，當然整個作息都很正常，可是發現這個讀高中所謂的重點學校的女兒，是一直念書念到凌晨三點，睡三個多小時，然後就去上學了。

一個高中生吧？那我馬上問：「那中午在學校一定要睡午覺吧？」

她媽媽說：「沒有！女兒還認爲大家都睡午覺的時候，正好可以安靜念書。」

一開始很不了解，我聽到大部分都是父母親對子女的要求很高，沒想到這位母親對自己孩子的要求沒那麼高，而是看到自己唯一的女兒，怎麼自我期許這麼嚴？把自己逼成這樣？睡眠這麼少，每天都是這樣精神不濟、睡眼惺忪，可是又拚命讀，讀的績效又不盡如人意。

後來我發現了眞正原因，原來這位高中女生原本有個哥哥的，可是哥哥得了所謂的黏多醣症、是「黏寶寶」，大概在十歲左右就去世了，父母親很捨不得。這個女兒一直認爲，現在念書不光是爲自己念，也要爲哥哥念，所以好像是「一人念書兩人補」，這個孩子把自己繃太緊了。

第一次考大學聯考的時候，並沒有考得很好。第二年重考，反而在這個當中有一些調整，因爲自己發現以前那樣子的方式不行，重考後考上了很棒的學校，也覺得很對得起爸媽。當作息調過來，她也覺得更有體能精力，去 handle 課業。充足的睡眠，對成長中的孩子，眞的很重要，別不當一

回事看。

　　生活作息要正常，吃喝玩樂真的要有限度，不能完全要求小孩，禮拜一到禮拜五他上課日子這麼忙，周六、日還都不讓他有娛樂放鬆的機會，也不近情理。該鼓勵他可以自己找朋友玩，當然也不要忘記，要保留一段時間跟家人一起聚聚。

　　當這個孩子不肯出去、沒有朋友，一直賴在家裡，還衝著你說：「我當阿宅也犯法喔？」宅男、宅女是沒犯法呀！現在網路太發達，孩子很容易上網交朋友，可是畢竟那是屬於比較虛幻的，很多資料都可以造假的。

　　我們還是鼓勵孩子，並不反對你上網交朋友，但是那是一個虛擬的平台，友誼還是要經過真實的互動，而不是只在網路上面高來高去。

　　聽過太多交朋友交到要出國去找網友的，交到被騙的。多年前有個案例，一個高職的女孩很會移花接木，在網路上把自己寫得天花亂墜，照片是模特兒移花接木成的，好多男生上當，跟她做朋友，只要這個女生一說：我現在是個高職的學生，我要交××費了，可是我沒有錢。

　　光憑她在網路上這樣跟人家互動，加上那張不真實的照片，騙倒多少學法律、學經濟的大專院校高才生，連研究生都上當。光這樣詐騙人家錢財，也有好幾十萬近百萬。後來破案，盧山真面目被一刊出來，雖然很不雅，真的就是時下年輕人說的「恐龍家族」。

　　這女生因為自己本身的福態，面貌也不怎麼樣，卻可以用張冠李戴的騙，我覺得那些上當的男生，也應該自己想想自己，是否咎由自取？因為台灣還是有太多太多的「外貌協會」會員，在以貌取人。

　　當我們的孩子，如果一直都窩在家裡，不出去就是推不出去，「種」在家當阿宅的時候，父母親可有回頭來想想，從小你有沒有帶孩子去見見世面？去跟左右鄰居互相走動？家族有聚會有沒有大家一起參加、共襄盛舉？

　　我自己的兩個女兒，尤其老大在青春期的時候，就很不願意再跟我們出門了，甚至於我們住在台南，公婆在台北，如果有些家族聚會，爺爺奶奶的生日啦！端午、中秋、過年，我都跟孩子講：「Family，Activity，這是家庭活動，逃不了、賴不了，一定要去。」

　　可以跟你的這麼多表兄表弟表姐表妹相聚多好，至少有

個聯繫、有個互動，而且年紀接近，其實很容易當朋友，也很容易談得來，所以這也是幫孩子從小培養 EQ 很重要的環節，讓他多與人互動，多帶他去見世面。

後來我也有一些妥協，比方說孩子真的很忙於準備考試，偏偏有個重大的日子，但這個重大的日子感覺上還好，不是老人家過大生日之類的，我也會妥協，也會幫跟老人家、長輩講說孩子要忙著考試什麼什麼，請他們諒解這一次沒辦法參加；父母親絕對可以做這樣子的橋梁角色。

孩子之所以會當宅男、宅女，背後事出必有因，不可能就是單純的完全封閉掉自己。我很建議如果家裡有這種所謂小學、國中、高中學齡的孩子，都可以在段考後，或是放暑假、放春假，放什麼長一點的假，多鼓勵孩子帶朋友到家裡玩。

我最記得是當年從美國回來的時候，我們那個孩子，在美國最喜歡的活動，就是周末假日可以請朋友過來，尤其是生日，她最大，因為她是那個 Birthday Girl，所謂的 Star 壽星，當年我們有一個不成文的規定，就是妳四歲，媽媽就讓妳邀四個朋友過來過夜，他們不是光過來參加 Birthday Party，他們最希望做的事，有個專有名詞叫做 Slumber

Party，換句話說，也就是能夠帶著 Sleeping Bags 睡袋過來，然後可以在這個家裡過一夜，有時候甚至過兩夜。

因為禮拜五周末，這些小朋友的爸媽下班以後，就到學校、幼稚園、安親班、托兒所去把孩子接了，那孩子早就把自己的 Sleeping Bag 睡袋都準備好，爸媽下班接了他們，大概不到六點，就把這孩子送來我們家，禮拜五傍晚，這父母親感覺上好輕鬆，把孩子放在信賴的朋友家，然後他們可以去計畫他們的周末怎麼過，尤其又沒有孩子在身邊，好像都放在我們家去度小蜜月似的。

我們也很高興，因為這是禮尚往來的事，等到他們孩子過生日，他們也一樣的邀請我們，所以我一直很重視那個相互性 Mutual，Mutuality，通常我會跟孩子說，我們邀人家過來，我們好開心、好高興，可是我們邀了他兩次、三次、四次，甚至五次，他一次都沒有回邀我們，媽媽覺得不必了，我們下次就不用邀他了，我自己這樣教孩子。

所以當父母親把孩子送到我們家，我就知道我那個周末責任比較重：

要幫孩子營造人際關係，可推論，他將來不會是宅男、不會是宅女。

　　要幫忙安排好節目，我們 Order 披薩來，租個好的錄影帶，第一天晚上就這樣過，第二天早上去公園裡面看是盪鞦韆、玩些遊樂設施、或是放風箏，第二天的下午我們可以去游泳，或是如果是很冷的多天，也可以做多天的活動，因為我們那邊會下雪，孩子一人拿一個那種塑膠大盤子，就在結冰的後院這樣滑，一個上午很快就打發過去，然後下午看再安排什麼活動，晚上再安排什麼活動……

　　這樣的周末，孩子過得很開心、好高興，一直到現在，孩子都已經成人了，還記憶猶新，那是一段最美好的回憶。奉勸台灣的爸爸媽媽們，可以幫孩子做這樣的人際關係。

　　剛回來的時候，孩子才小學三年級，也是這樣吵著：「媽，我想請同學來我們家玩！我們班好多小朋友。」

　　我說：「可以啊！可是他們好像都不流行去人家家耶！」

　　女兒覺得很奇怪，我只好說：「大概他們不放心，在台灣勒索小孩、綁架小孩的案件很多，來，媽媽這裡有名片，你就拿去發給同學們，跟同學們說，到我們家很安全，我媽媽學諮商輔導的，我媽媽在大學教書，請要來玩的小朋友爸媽放心。」

　　孩子拿一盒去，過了兩天，又一盒好好地拿回來。

　　我說：「妳有沒有發啊？」

　　「有呀！同學們說他們的爸爸媽媽說看不懂，妳到底學的是什麼啊？」

　　「我學輔導諮商呀！」

　　「什麼叫輔導啊？扶著人家慢慢倒下來，不會受傷喔？」

　　我真是無言以對，心想：妳媽媽這樣子留美博士、大學教授，都沒辦法打動同學父母的心，贏得信任，也沒辦法了，真的！那個年代，「小朋友社交」的風氣真是不開，我在猜想是不是基於兩個原因：

　　第一，怕自己的家教不好，孩子到同學家，一玩瘋起來，三兩下子就會露出狐狸尾巴，所以不喜歡孩子去別人家？

　　第二，大概就受到一些社會事件的影響，總覺得沒有安全感，也不知道這家人，到底是怎樣的人家？

　　基於很多的不了解，沒有互相溝通，所以超不放心孩子去串門子，其實如果父母親可以因為彼此的孩子，而變成朋友，不也是件不錯的事嗎？

　　看孩子好無奈，很垂頭喪氣，我又有個新點子，我跟我小三的女兒說：「這樣吧！不要那麼貪心，一次邀那麼多人，來！告訴媽媽，妳跟誰最麻吉，媽媽去幫妳邀她。」

「眞的喔！」她眼睛一亮：「媽媽，那就是王美華，我最喜歡她了。」

「好，沒問題！妳有沒有她電話？」

「有啊！我有。」

我拿起電話就打：「王太太妳好，我是誰誰誰的媽媽饒夢霞。」

「喔，我知道，妳們是那個美國回來的。」

我說：「是啊，我的女兒很喜歡妳的女兒，今天是禮拜六，(當年禮拜六還要上半天課)我中午12點以後下班，王美華回家後吃完中飯，可不可以下午過來我們家玩呢？我跟您借女兒一下。」

那個媽媽很可愛：「妳要借多久？」

我說：「兩個鐘頭好嗎？到我們家來玩兩個鐘頭。」

王媽媽說：「不好意思，我們很忙，沒有辦法接送。」

「沒問題！我來！」我眞的是禮拜六下午烈日當空，騎著摩托車，在那種田間小道，那個田埂中間鑽來鑽去，那孩子的家還滿鄉下的。到了那邊後，王美華的爸爸媽媽，很仔細的看著我。

「跟我到我家去玩，沒問題，我載她，我女兒在家裡等

咧。」我拍著胸脯掛保證。

王媽媽還是多少不放心的一再交代：「妳要送回來，一定要準時送回來。」

我說：「會、會、會！」心想要不要先押身分證，好讓他們放心。

到了家，我女兒多開心啊！終於有人願意來家裡和她一起玩了，超開心的！

兩點借到四點，已經講好了的嘛！我大概三點半、三點四十就開始提醒了：「時間快到了，要預留個十分鐘，媽媽還要騎摩托車送美華回去。」

「不要啦！我們玩得正好呢！」女兒撒著嬌。

我就開始「一言九鼎」了：「人要言而有信，有借有還、再借不難嘛，要給她爸爸媽媽留下講話有信用的好印象，我們今天把美華準時載回去，下次再邀請她來一定不成問題的。」後來這個孩子也有邀我們家小朋友過去，王先生王太太也成為我們的好朋友。我喜歡這種禮尚往來的感覺，你說這樣子是不是幫孩子建立友誼？這樣子孩子就不會當宅男宅女，朋友很多呢！

老二就更可愛了，她的成績比姐姐好一點，但是沒有好

到哪裡去，都是中間偏下，全班如果四十個人，那姐姐包辦倒數前三名，我們這個老二的名次，還 OK，大概是 25、26、27、28、29。我跟妹妹說，妳只要不要跑到最後十名，我們都可以接受。

因為姐姐年紀這麼大，才要正式學中文，已經輸在起跑點，你是 Made in Taiwan、MIT，妳在台灣讀幼稚園的小班、中班、大班，妳的表現是應該還算正常的，我們的正常值也沒有要求一定要在前 10 名、前 20 名，所以小朋友的成績就是 25 上下移動，或是最差到 30 名。

這個小女生很可愛，在國二下學期的時候，導師在開學第一天，跟大家宣布：「今天我們原本要選幹部的，為了讓我們班上有一個很特別的同學，讀完這學期就要去美國念高中了，我想、我們是不是應該讓她在離開台灣以前，對台灣留下美好的印象，所以今天不用選了，老師就指定某某某當班長。」

你知道那天回來我的二小姐有多開心啊！嘴角笑到合不攏：「媽咪、媽咪，妳知道我當什麼長嗎？」

我說：「台灣都是以功課好的，才有機會當長，妳都 20 幾名快 30 名，妳會當什麼長？」

孩子很開心的說：「最大叢那一叢啦，芭樂叢啦！（台語)」

我不敢相信：「真的當班長？怎麼可能選到？」

「沒有啦！老師為了讓我留下美好的印象，決定讓我當留在台灣最後一學期的班長。」

我不騙你，大家、各位！

這位小女生變得更積極、更主動，早上很早起把自己梳理完畢，頭髮都綁好了，很開心地提早到校，因為她認定當班長是一種榮譽，榮譽當然也是一種責任，所以這個小女生到了學校，很開心什麼事都搶先做好。因為她本來也就雞婆點，還滿喜歡幫助人家，我真的不敢相信她第一次段考，第一次段考成績出來，真的是跌破專家眼鏡。

我們家是進步一名就可以領 100 元的，這個小女生拿著成績來跟我這樣炫耀：「媽咪、媽咪妳看，我這次成績多好，我得了全班第十九名！」

真的，那真的是好！我沒有看過那麼好的名次。能夠離開 2 字頭，進入 20 名以內，也真的是不容易。我說：「哇塞！妳好棒喔！從來沒有這樣過！」

「媽媽，妳有獎金制度，我本來都是 25 名，這次 19 名，

妳要給我七百。」

　　我心裡想怎麼會是七百，25 減 19 不是 6 嗎？進步六名拿六百塊錢沒錯呀！

　　孩子很可愛的伸出指頭跟我算，把大拇指翹起來，妳看嘛！我本來 25 嘛！然後就慢慢數，食指出來 24，中指出來 23，無名指出來 22，小拇指出來 21，然後再往下算：「媽媽妳看，這樣子我進步了七名！」她大概用植樹問題，頭尾都算。我想只要是鼓勵的性質，我們也覺得還 OK、還可以接受。

　　小朋友是非常有榮譽感，沒想到居然也帶動了她的成績，從那一次段考以後，沒有再掉到 20 名之外，也不會再像以前一樣 25 名、26 名。學期結束了，帶著美好的回憶，暑假我把她帶到美國準備讀高中。美國高中到八月或九月才開學，我們提早七月就先過去，讓她適應環境。

　　沒時差的她一大早就起來，我問：「妳幹嘛那麼早起來？」

　　「媽媽，美國的早上是台灣的晚上，我的同學都補習回來了，現在都是國三，功課壓力正大，他們都補完習了，家教也完了，這個時候跟他們聯絡最好。」

　　你就看到她坐在電腦前面，右邊一串的名字，跟很多人在談話，我還很好奇的問：「這個電腦，可以一次跟這麼多人對談喔？」

　　「對啊！聊天室嘛！我正在跟他們說，他們國三的畢業旅行，可不可以放在聖誕節那段時間，因為我一放假，就可以回去參加他們的畢業旅行。」

　　「有可能嗎？」我懷疑。

　　因為很多人在線上，她以為大家會希望她一起參加畢業旅行，所以廣徵求意見的結果，就是那句話：「Who bird you，誰鳥你呀！」

　　他們的畢業旅行在十月的下旬就都已經到南部或是到北部玩過了，孩子覺得好遺憾，但是後來同學都國三畢業，小女兒很意外收到一片光碟，還是那個導師很有心，平常就有在收集同學的生活點滴，包括一些露營、一些表演、一些運動會，雖然孩子只有參加三分之二，國一、國二，但收到那一份光碟，拿到那本畢業紀念冊，可以看得出她有多感動。

　　這些都是她一起成長的夥伴，我每次看到她一大早坐在電腦前，跟這麼多人談天，我忍不住要念一下：「每天早上六點起來，未免也太早了。」

她說：「媽呀，我是他們的班長，一日爲班長，終生爲班長。」你看那個榮譽感有多高！其實孩子很樂於跟人家分享、跟人家交朋友，這一點我們也是很開心，尤其這個特性，不當宅男、不當宅女，可以幫助他在一個陌生的環境，很快地去結交朋友，幫助他的適應力佳，就帶動了他的 EQ，有這麼多的好處，何樂不爲？

所以，不是說當宅男、宅女是犯法，可是封閉自己的社交圈，絕對是劣勢。

人就是要多點朋友，在家靠父母，出外靠朋友，友誼其實不是金錢能買，是需要時間經營的；如果只是一直在家裡，都不走出去，朋友不會從天上掉下來的。

網路上是可以交，可是熟識以後，是不是應該也要經過眞實的互動？

鼓勵孩子去交朋友，這點，我們樂於見到！

第七章

選擇題，永遠優於是非題

當父母親的你，有沒有 EQ 啊？

EQ 最好的解釋註腳叫做「情緒管理」加「人際關係」。

你如果高 EQ，孩子就像一面鏡子，反射出父母親高 EQ 的特性，當然孩子也會變得高 EQ。每一個身為父母的都應該反省，自己是不是一個情緒管理很得當的人？自己有沒有亂發脾氣？或是個記恨很深的人？

父母親常常跟孩子在起衝突時，就是情緒在接受最大「魔考」，氣不過的父母最愛講的一句話：「我才說一句，你頂幾句？」可見書名一言九「頂」，有多傳神！

EQ，這個名詞從 1995 年美國一位學者丹尼爾・高曼提倡至今，已經有十六年的歷史，但卻還是方興未艾，可見 EQ 的確在某種角度是比 IQ 更重要、更能夠決定一個人他未來

成功的可能性、幸福感、以及人脈，所以當我們要談 EQ 的時候，一定要先反觀自己當父母親的人是不是一個高 EQ 的人。

做一個高 EQ 父母的五大指標：
一是，適應力好不好？
二是，受人歡迎、人緣佳。
三是，高度的自尊與堅強。
四是，獨立感高。
五是，願意嘗試新事物，富冒險性。

看看你自己的適應力好不好？

做父母親的回想看看，如果你換一個工作環境、搬到一個陌生的地方，或是碰到一些比較新的事情，自己懂不懂得也先觀察，然後融入這個新的環境裡面，適應力好嗎？

適應力好其實也是一種高智商的表現，不是光高 EQ，應該也是一種高智商，因為表示對生活敏銳的觀察力，以及融入當地文化、生活方式的一個調適力。

檢視一下自己，是不是一個具有受人歡迎的特質，受人

歡迎，人家就容易擁戴你、擁護你。孩子如果也是一個高 EQ 的人，他就比較容易受到同學的認可，人緣會變得很好，這樣子的孩子就比較有機會出來當幹部，一定會學到一些課本上沒有教的。

人際關係，不是一門你白紙黑字寫下來就可以學好的。所以第二個指標叫做受人歡迎、人緣佳。父母親自己要捫心自問，如果父母親自己也是一個不喜歡跟人家互動，你先當這個老宅男、老宅女，那你就不能怪孩子，交朋友這方面比較差，所以是第二個指標。

受人家愛戴，人家肯定你，所以第三個相對指標，自信心也就提高了，我們其實也看過很多的父母親，顯現出來不是一副很有自信，有一位心理學家叫阿德勒他說：「人天生都帶著自卑感而來」，那個叫自卑情結。

有些父母感覺自己出身太低，家境不富裕，是低底層的，或又有一些人感覺自己學歷很差，不像人家可以讀到大學畢業、拿到什麼學位，又或是父母親覺得自己長相平庸，甚至接近於所謂的醜陋，自己的這個能力不好，那個能力不佳，父母親如果是如此的沒有自信心，怎麼能夠培養出有自信心的小孩？所以第三個指標是高度的自尊與堅強，或是比較好

的自信心，這個也是很重要的 EQ 指標。

　　父母親自己，是不是一個獨立性很夠，獨立性感很強的人？很多父母親自己獨立性也不好，一直要拉著小孩。小時候也許可以說是呵護他、照顧他，咱們台灣有 70％的家長，根據雜誌的統計，70％的家長其實是所謂「直升機型的父母」。

　　直升機型父母是放不開孩子的，一來父母學不會放手，二來父母自己還比孩子更需要依附在別人身上，所以儘管孩子長大了，書念得告一段落了，甚至就業了，有自己的生活步調或是生活的情境，父母親都還滿希望孩子住在家裡，不讓孩子搬出去。

　　外人看了也許以為說，這個孩子是不是叫做「單身寄生族」啊？

　　都已經可以獨立、也賺錢了，為什麼還賴在家裡？

　　仔細去分析，裡面不乏有是父母親不願孩子搬出去的，因為他們自己的依賴性都很高，獨立感不夠，其實最棒的父母親，就是我現在偶爾會聽到周遭的朋友說：「將來我女兒嫁人、我兒子娶媳婦，我一定不要跟他們住在一起，讓他們年輕人有年輕人自己的生活方式、有自己生活空間。」這個

是 Easy to say but so hard to do，說起來容易做起來不見得容易。父母親真的要很獨立，也要能夠很看得開、放得下，希望說這句話的父母親都做得到，這樣子才叫做言出必行、一言九鼎，所以這是第四個指標，獨立感高。

願意嘗試新事物，叫做富冒險性，富冒險性的意思，是只要有新的任務來、新的工作來，不會先拒絕。有些父母親，就是不敢接受新的考驗，冒險性比較低，連你都不願意嘗試新鮮，我相信你的孩子也斷然不肯。我們很希望父母親在要求子女前，一定要捫心自問、反觀自己，您是一個高 EQ 的父母嗎？

大人在不知不覺中，已經形成一種風氣，叫做：「多做多錯、少做少錯，最好都不要做，就不會犯錯。」所以大家都習慣陷在一個舊的、熟悉的模式裡一直打轉，了無新意，其實這個是很違反人之常情，因為一般人都比較喜新厭舊。

身為兒女表率的這五項指標，你做得怎麼樣呢？適應力佳嗎？受人歡迎度如何呢？自信心高嗎？獨立感夠嗎？是富冒險性的嗎？如果都具備了，就可以被稱之為所謂的高 EQ，還不是有點 EQ，是高 EQ！

如果孩子敢反問你：「你們這當父母親的，EQ 咧？」

你至少可以跟他講出來：「安啦，爸媽有自己檢討過，如果 EQ 有五個內涵，我們至少做到三點，我們至少是 60 分及格的。」

或是：「我們可是做到了四點，80 分，那你咧？」這樣，就換孩子一鼻子灰。

尤其當父母親在處理一些「爆衝」的情緒時，「逆境智商」，是很重要的。

EQ 有一個很大的基礎，核心價值在於 AQ，A 的意思代表 Adversity，這個字叫逆境智商，就是遇到逆境會越挫越勇，如果父母親有一方失業，或是同時失業，或是哪裡不如意，生活遭受到重創，比方說天災、水災、地震。

可是這些父母親，總能夠在逆境中想到：「別人要花半年、一年、兩年，甚至於五年、十年都還站不起來，我該怎麼樣審視我目前還有的資源？努力的在逆境中求生存，活出一個樣兒來給孩子看。」這樣的父母親，就叫做逆境智商很高。

自從 921 大地震以後，逆境智商 AQ 被在南投中寮當地的研究學者，稱之為：「復原力」或是「挫折復原力」。遇到

挫折復原力比別人快的，那個英文字又叫做 Resilience，還沒有人叫做 RQ，不過如果要用的話應該也可以。意思是韌性比較夠，像這個吹不倒的蘆草，能夠隨風起舞，腰身柔軟度也夠，暫時的彎下去，都為了待會再彈回來。

這種的 Resilience 是逆境智商，是挫折的復原力，是一個 EQ 的基礎，因為遇到事情不會很情緒化，不會怨天尤人，自怨、自艾、自憐，是會從逆境當中去想：「為什麼這種事情發生在我身上？主要的原因是怎麼樣？」

有時候比方說天災、人禍，探究原因沒有用，就不要問："Why?"

只要問："What and how?"

What，是這個逆境帶給我什麼樣的啟示？

How，我如何度過這個逆境，我要用什麼方法，如果自己的力量不夠，但是有很好的人脈，也許靠朋友，三個臭皮匠可能都勝過一個諸葛亮，聽聽朋友的建議，心情不好找朋友抒發一下。

但是這些都要基於，平常是有花時間，跟朋友做聯繫，是有情誼的交往，不能說到了自己的失敗的時候，才想到要找人，平常沒有在經營友誼互動，這種人馬上被套上兩個字：

「現實！」原來你交朋友，就是需要的時候，利用人家，那個意思又大不相同。

有關逆境智商，即 AQ，其實也連結到 EQ 方面，如果父母親可以遵循這五大內涵，恭喜你，應該是會有三個可能性：

第一個，想必你已經締造了頗佳的人緣，你的人脈很足夠，因為人脈讓你在很多時候不孤單，快樂因為分享而加倍，痛苦因為分享而減半，但是你要跟誰分享，這就是你的人脈。

第二個，你的生涯成功度也比別人高，因為生涯要成功，三脈不可少，三個重要的脈絡，一個叫做人脈，一個叫做知脈，一個叫做金脈。知是知識，金是資金。所以一個人生涯要成功，人脈為首，如果你的生涯成功性比別人高，是不是人脈做得好？人際關係經營得佳？所以你很容易有朋友的協助。朋友的建議，你可以看得到自己不該做的，或是失敗的地方，尤其這種朋友是諫友的時候，他會給你忠誠的建議，他是對事而不對人，這樣子你就受益匪淺。

我們人會有盲點，從別人那邊看不一樣的角度，有些自己看不到的地方，真的很需要朋友提醒。生涯因為有這些朋友相助，人脈帶來了知識脈，每一種朋友都有他的專業知識，所以我們不必窮盡所有天下的專業知識，上至天文，下至地

理，你統統都學會的話，那也太不可能了。

　　但若是因為你交了一些朋友，俗話說：「人的一生當中，一定要交幾個師。」哪幾個師？比方說醫師、律師、會計師、老師、營養師，諮商師。有了這西些能夠啟發我們生命中的貴人、生涯路的貴人，生涯的可塑性、成功性既然高了，當然幸福感就增加了。

　　原來我的才華、我的能力，可以在我的生涯充分展現，原來我是一個這麼富足的人，也許看不到表面上金錢的收入，但是想到這些無形的，廣結善緣之下的朋友，那種無形財產，勝過於有形的金錢價值，所以這也是讓人家可喜可賀的。

　　所以希望家長們先自己檢視一下，是一個高 EQ 的父母嗎？換個角度說，可以看你是不是固執己見？有沒有食古不化？非常非常剛愎自負嗎？很有彈性的空間嗎？是可以商量溝通或妥協的嗎？

　　這些都讓你不至於遇到挫折，就馬上宣布放棄，因為你越戰越勇，甚至於這種父母還有一個特色叫做「儘管有朋友，也要懂得獨處」。

　　獨處絕對是一門藝術，獨處讓你有時間沉澱自己去省思，類似我們念過的《論語》說：「吾日三省吾身：為人謀而不忠乎？與朋友交而不信乎？」每個人每一天都要做一點獨自相處，跟自己獨處，因為只有獨處才能夠靜的下心來，才能夠去檢視今天所發生過的事，哪些地方做的好？我明天還要繼續，哪些地方做的不好？我要改進，這樣才能夠更邁向成功的未來、或幸福的未來。

　　相對低 EQ 的父母親，就是一個很害怕獨處又很固執，認定的事毫無改變空間，很難跟他溝通。這也難怪孩子跟你意見不同，你跟他沒有辦法溝通，因為你總認為只有你自己才是對的，家裡就充滿火藥味，一不小心就擦槍走火，很容易發生爭執、很容易起口角。

　　要提醒各位的是：你如果是一個懂得獨處、而又是不固執的人，不固執的人可以聽聽別人的意見，稍微對自己的意見有修改的空間，稍微有一些些的讓步，當然大原則，你會兼顧，大是大非，不讓步，小是小非，出入是可以商量的。

　　這也是我們所強調的，低 EQ 的父母親，一遇到挫折馬上宣布投降，因為他不願意嘗試、繼續嘗試、或是一個新的任務來，他馬上說：「這我沒有做過、我沒有試過、想必不

好做，好做的話，也輪不到我，既然沒人要做，我才不願意去當砲灰。」

一定有這樣的父母親，這也是要提醒大家的，所以當孩子跟你嗆聲說：「你這個人，有沒有一點 EQ 啊？」

我們至少也可以跟孩子講道理：「有啊！我知道 EQ 的內涵，知道高 EQ 可以帶來很多好處，EQ 告訴我，我不是一個很固執、食古不化的父母，還是個可以商量、好商量的父母呢。」當然是不能好商量到「沒有原則」。

所以父母親就不再會跟孩子對嗆：「我才說一句，你要頂幾句？」其實孩子頂你的話，一定有他的理由在，這是你需要跟他做進一步的檢視跟溝通的。你一情緒上來負氣說話，孩子會一樣頂回來，那情緒化，不就是低 EQ 了嗎？

一般孩子有他自己的論點，一定有他不同的角度看事情，那我們做父母親的，是不是能夠不管是轉念？還是以孩子的立場來看事情？你就會有一種恍然大悟的感覺：「難怪喔，難怪我的孩子是這樣想，難怪我才說一句，他要頂好幾句。」

英文叫做 No wonder，台語叫「莫怪喔！」這些，都是父母親可以考慮去了解他的。

就像當年我不讓我的孩子打肚環，因爲我只告訴她說：「妳不可以打，絕對不可以打！打肚環開什麼玩笑？門都沒有！英文叫做 Don't even think of it，想都不要想。」

可是等到孩子肚環「先斬後奏」打下去了，事情也過了兩三個禮拜，生米都煮成熟飯了，才被我們發現，那個氣憤、那個情緒，簡直是在「爆破」！卻被孩子一句話就頂回來：

「妳總是叫我不要打肚環，從來沒有告訴我，爲什麼不能打肚環？打肚環爲什麼讓妳這麼生氣啊？能不能在十分鐘內用三個理由來說服我？」

Oh, my god！竟然還要我十分鐘內講三個理由？妳以爲妳是誰啊？是指導教授啊？我是被指導的學生啊？有沒有搞錯？雖然氣到頭昏腦脹，我也不是省油的燈，你要我十分鐘說三個例子，Sure, why not？我說得出來！

我力持平靜：「第一妳未滿十八歲，沒有行爲自主權，是歸我管，沒有行爲自主能力，妳還是個小孩子，就要聽我的，是我生的，就要聽我的。」

我孩子卻馬上頂回來：「那妳爲什麼要在外面到處演講說，不要把孩子當作自己的財產，因爲孩子眞的是生命中的過客。」

天啊，我小朋友居然知道我在外面講什麼耶？

我的確是經常這麼跟父母親說：「孩子是我們人生漫長旅途裡面的一個 passenger，過客，他是跟我們有緣，所以藉著爸爸的精子、藉著媽媽的卵子，形成受精卵，又借了我們女性的肚子，在裡面孕育、成長到出世落地，看著他們一寸寸長大、長智慧，我們讓他受教育，可是等到這個孩子成熟了，經過所謂青春期，變成一個成熟的個體，他不是我們的財產，他是國家、社會的財產，所以我們不能把他據為己有。」

如果可以想通這一點，其實很多父母、子女之間的糾結是比較容易放得下的，你不用為孩子擔一輩子的心。所以這一點，我們也希望父母親能夠看得開。

而當我的小朋友，就拿這點來攻擊我，害我覺得自己被自己，打了火辣辣的兩巴掌一樣，竟然還用我的話，「以其人之道、還制其人之身」，很明顯的，第一點我輸了。

我馬上接著說的第二點：「媽媽為什麼不讓打肚環，就是因為古有明訓，孔子說：身體髮膚受之父母，不可——」我都還沒講完，我們小朋友馬上很機靈的堵我：

「妳知道我國文程度很差，每學期全校就當我一個人國

文，國文就當我一個，那個四個字、四個字的成語最困擾我
了，不要拿我聽不懂的什麼身體髮膚，我聽不懂！不能拿人
家聽不懂的話攻擊我，妳忘記了嗎？我在美國出生長大，我
十來歲才回台灣，如果妳說我是阿度仔也不為過。」

　　這，這算頂嘴嗎？

　　我覺得他講得很有道理，一想好像也對，她真的、真的
很怕四個字的成語，所以才會有一次看古裝連續劇，聽到：
「皇上來了。」直說這是最簡單的成語，一聽就懂，都不用
解釋。

　　我只好投降：「ok，沒問題！」第二點很明顯的，我又
戰敗了，因為我不能拿她聽不懂的話，來跟她講道理。

　　牙一咬，我全力拼第三點：「媽媽最擔心的是，如果妳
找了個密醫、庸醫去打肚環，他技術又不好，衛生又做的不
夠徹底，那個打肚環總要有針打過去，那萬一打偏了、打歪
了，什麼打到神經的，或是什麼發膿、發炎怎麼辦？有副作
用怎麼辦？」

　　孩子又很狡猾的一笑：「放心啦，貨比三家不吃虧，為
了要打肚環，我做了很多預備工作，我上網到處查，也聽朋
友說哪裡又乾淨、又清潔、做得又好，而且價錢又公道。」

孩子很自信的說她是比較過的，而且很高興的掀起來給我看：「看，兩三個禮拜了，現在都已經 ok 了、沒問題了。」

到這個時候，你就發現，怎麼連我都被孩子頂到無話可說？我只好像戰敗公雞般，補一句聊勝於無的話：「那我一直要妳不要打，為什麼非要打肚環不可？我不用三個理由，妳給我一個就好了，為什麼這麼固執、堅持要打？」

這個孩子居然跟我說：「只要一個理由喔？看在妳是我媽份上，買一送一，我給妳兩個理由。」

什麼意思？兩個理由？有種被擺了道的感覺。

「媽媽，第一，有沒有覺得我很厲害啊？我不到十歲回台灣，從小學三年級一路念到國三，我總共念了七年耶！我是第一屆的基測可以考兩次試的。」

可是這個孩子考完第一次，就堅持不考第二次，我們也尊重她，沒有逼她去考第二次，每個人都認為應該再有一次機會，也許第二次考得比第一次好，可是我孩子認為第一次的表現已經非常的優秀，那些題目好像為她而出的，堅持不考第二次。

據說他們全班如果有四十來個人的話，好像只有五位是不考第二次的，她就是其中一個，所以我的小姐說：「打肚

環的目的，是想在身上留一個紀念品，表示自己怎麼會考得
這麼好，跌破專家的眼鏡，出乎人的意外。」

　　當孩子告訴我考得這麼好，想在身上做個記號來紀念，
我想普天下的父母，只要孩子跟你講說成績考得好，他們要
求什麼，大概大部分的父母就會答應了。何況，我也覺得孩
子考得真的出乎人意料的好。

　　當年的基測，考五科，一科 60 分，所以滿分是 300 分，
我們剛開始考完，初步估計這個孩子肯定不到 200 分，因為
物以類聚，跟她在一起玩的那群朋友，我問過他們：「你們
這次基測考得怎麼樣啊？有沒有自己評估過大概多少分？」

　　我聽到的不外 170、180，最多 190 啦！絕對不會過 200，
所以我認定我的孩子考不到 200 分，可是真的沒想到寄來的
那個成績單上是 3 個 2，222，我跟她爹地都喜出望外的、喜
極而泣，沒有泣啦，很高興是真的。所以她那份成績單我到
現在都還留著，那是她當年 15 歲考的，現在都過十年了，我
還留著做紀念。

　　因為裡面還涉及加權，英文考滿分 60 分，所以乘以 1.5、
乘以 2 相當可觀，數學跟自然科不用背的，也考得滿好的，
因為她非常不喜歡背書。那國文跟社會科大概 60 分大概都

只考了三十幾而已，所以我覺得也很不錯了。

當這個孩子告訴我說，身上要做個記號，是為了紀念「光榮的基測考成績」。聽起來好像很有道理，第一個理由就說服了我，我就猛點頭。

她得意的接著說：「第二個理由是，反正我都要在身上做記號了，妳不讓我打肚環，我就打算打眉環。」

我嚇一跳：「眉環？眉毛怎麼能打環？」

她說：「有！藝人就有誰誰誰他們也有在眉毛上打眉環。」

「那很醜、很難看吧！」。

「不會，我覺得滿好看、滿獨特的、滿 Sexy 的。」還繼續說：「其實我本來是想去打鼻環，新穎一點嘛！有創意。」

我覺得要趕快找張椅子坐下：「鼻環更不可能接受！妳 74 年次、民國 74 年次出生的孩子，生肖屬牛，妳再打鼻環就更像牛了，媽媽就用繩子牽妳去吃草好了。」這莫名火，一肚子熊熊燒起，還越燒越旺。

「我同學跟我講，既然要在身上做記號打環，就打勁爆一點，別人想都想不到的地方，比如朋友邀我一起去打舌環。」

「舌環？舌頭上打環？」我慶幸有先見之明，先坐好了：

「那個、那個、是藏污納垢的，將來交男朋友，要法式熱吻，現在叫做喇舌，妳這個有舌環不是很礙事嗎？而且要吃東西、刷牙什麼的，不都很礙事？不衛生。」

可是孩子卻告訴我說：「對啊！同學有邀啊！只是我沒有去而已啊！我有這樣認真考慮過。」她總結一句話問我：「那這樣比較起來，眉環、鼻環跟舌環，還有我自己現在已經做的肚環，妳覺得哪一個比較可以接受？」

我居然當場馬上說：「嗯，媽媽覺得肚環還滿不錯的，肚環還滿好的。」這個叫做「四害取其輕」，她用這個策略說服了我們，所以我也不把這個當作頂嘴，這個好像是一個討論的空間，所以其實，在情緒上面，也許剛開始很動怒、很生氣，可是後來發現孩子說的並沒有錯。

如果要培養出高 EQ 的下一代，父母親可以做到四點：

第一點，家裡要採人性化的經營、人性化的管理。

不能像上綱一言堂，爸媽說了算：「不可以就是不可以！」應該是比較人性化，也把孩子當作一個具體而為的小大人，比較符合這個人性一點，不能專制、不能權威。

　　第二點，多用選擇題來代替是非題。

　　不要只規定孩子這個可以那個不行，應該多出一點選擇題，孩子如果你選 1，下場怎麼樣？選 2，結果會如何？選擇，是要孩子自己學負起責任的，這個叫做「選擇題，永遠優於是非題」。

　　第三點，從小給他成功和失敗的經驗。

　　不要都只有成功，都只有成功的孩子，逆境智商必然低，AQ 一低，EQ 也跟著低，不要再從小跟孩子玩一些遊戲，就都讓他贏，有的孩子為了想贏，甚至於會作弊，父母親還視而不見，這就影響他日後品格發展，那就是再帶出一個 MQ 來，MQ 指的是品德智商。

　　人生有這幾個 Q 啊，什麼 EQ、AQ、MQ 應該是包你人生QQQ，所以希望家長們在給孩子們鼓勵的時候，同時不要忘記，就算他失敗了，也不丟臉，在失敗中找尋錯誤的原因，下次遇到一樣的情況，就知道如何去克服，有越挫越勇的精神。

　　第四點，父母親絕對不能用比較的方式，來打擊孩子的信

心。

　　因為自信心高是高 EQ 的一個表徵，可是很多父母親就拿別家的孩子，或是自家的兄弟姐妹，現在生得少，可能沒得比，就拿親朋好友家的孩子來比，你怎麼差張家哥哥那麼多？你看李姐姐多優秀，孫家弟弟多天才……切忌用比較的方式，來打擊孩子的自信心，因為每個孩子一人一個樣兒。

　　香蕉跟蘋果是不能比的，我們常常這樣強調。所以請尊重孩子的獨特性，不要硬是比來比去，「萬般煩惱皆由比較起」。孩子被你比到沒有自信心，爸媽更煩惱，我的孩子怎麼這麼差？因為你愛比較，所以這是我們要強調的。

　　有關於 EQ，為什麼我們要重視？重視 EQ 的原因，是因為這樣，你的人緣才會佳，你的生涯成功性才會高，你的幸福感也跟著提升了。EQ 的內涵我們也提出五個指標，最後呢，如何去培養他？

　　我們也跟父母親叮嚀了四點，希望大家能夠從這一個章節裡面，學到說不要再去抱怨孩子：「我不過才講一句，你頂我那麼多句？成何體統？」因為你講這句話的時候，大概就已經憤怒上身了，希望父母可以用這樣的觀點來看。

回到剛剛所講的，其實情緒裡面有六種很可怕的，是父母親應該要避免的：

第一個，就是我們所謂的憂慮。

先講憂慮，很多父母親憂這憂那放不下，替孩子想到好遠，有事沒事，請先把憂慮存起來，放在銀行裡，反正生不了利息。其實憂慮、憂鬱已經變成文明病的第三大黑死病了，尤其這幾年，有愛滋，有這個所謂癌症 Cancer，有所謂的憂鬱症，所以不要被憂鬱找上身。

第二個，不要那麼焦慮，事事焦慮。

都放不下，總要擔心這、擔心那，出門還要回家檢查十趟，然後這個洗手洗 N 遍都不夠。這個大概都是在某種程度上的焦慮，又不知道焦慮的對象是什麼更糟糕，所以有時候，必須去檢視自己到底在焦慮什麼？

第三點，就是一種所謂恐懼的心。

因為生命中曾經有過挫折、失敗、低谷期、低潮期，讓你一蹶不振，對生命失去信任、失去生命力。

第四點，是批評，很愛批評。

雞蛋裡頭挑得出骨頭，就像對自己子女毫不吝惜的三不五時批判、打壓、嘲諷，然而你自己是完美的嗎？如果你是

完美主義者，你就很容易讓自己、剛剛講的焦慮啦，也連帶著周遭的人一起緊張。所以我們不認為，大家要把這個所謂批評的情緒，常常帶在身邊。

第五個，就是自卑情結產生的罪惡感。

總覺得什麼都是我的錯、我不如人、我沒有把孩子帶好……或許是對失婚的、離婚的，都認為是我一定哪不好，他才不要我。其實這種人，是犯了 EQ 裡面很大的一個指標：自信心被擊潰。自尊被放在地上任人踐踏，非常的可惜。

最後一點，最可怕的一個情緒叫憎恨 hate。

那個憎恨是由來已久，誰曾經做過一件對不起你的事，你記他一輩子，當你一直記著，就始終反覆追憶著這件事，你既放不下，也邁不開步伐，所以最好的良藥就是：「放下！」就是原諒，原諒別人，路才走得長。

不要憎恨，醫學有證明，憎恨會讓人的細胞起微妙的變化，憎恨的因子，在你體內聚集又起了變化，如果運氣好，叫良性瘤；如果這個微妙的變化變成惡性瘤，所謂的 Cancer，就是絕症就是癌症，這可是第一大黑死病。

所以希望大家，在情緒上面能夠做好適當的管理，也作為孩子身教的一個模範！

第八章

你說他們，就等於是在說我

　　孩子會頂父母：「你是看我的朋友不順眼？還是你故意找我的碴？」

　　父母親總是很希望孩子交個好朋友，但是這個「好朋友」的定義、觀念，好像有討論的空間，什麼是所謂的「交好朋友」？

　　是指家長的社經地位高？朋友的品學兼優？父母親的職業背景如何？他家庭其他兄弟姐妹念的是什麼學校？還是能帶給孩子一些什麼額外的好處？

　　這些固然好，可是這不是社會的真相啊！

　　社會真相是各階層都有啊，三人行必有我師，這個師不見得只能要正向的，有一些負向的，會讓我們「見賢思齊，見不賢內自省」，孩子會更加的珍惜，珍惜他目前所擁有的，因為他一看別人這樣，再思考自己，那不叫比較，那叫反省：

我應該更珍惜我當下所擁有的。

　　一般父母親總是希望孩子交的朋友，是比他程度更高、身家背景更好的。我個人倒希望我的孩子結交三教九流的朋友，邀他過來，邀到家裡來玩，父母親可以從旁觀察，等到朋友散去了，再跟孩子說，你今天來的幾位朋友裡面，媽媽覺得那個誰怎麼樣、誰怎麼樣。就像我家的小朋友，不知道是不是因為我的關係，很多同齡小朋友，很喜歡把她當作小張老師（救國團專門協助青少年或父母，做溝通的諮商服務人員），舉凡有些困難、或有些挫折都還滿喜歡跟她講的。

　　舉個真實的案例是，我在家裡準備晚餐，突然電話響了，我把電話接起來，是我女兒的一個好朋友，她的爸爸在她兩三歲的時候，就跟媽媽離婚了，爸爸就帶著這個女兒一路成長到國中，那一天傍晚他打電話來找我老大。

　　既然是找女兒的，我就爐子先關掉，因為是透天厝，便順著樓梯往上喊：「小朋友，你朋友在電話線上，你接一下。」然後又回到廚房開始炒菜。

　　我真的不是故意的，但是我電話沒有按掉，趕著做晚飯，讓我完全都沒有察覺到電話沒掛上。我也沒有意思要探隱私，因為通常打電話來我們家的，多半是找我的，我若手上

正在忙得不可開交，通常會請對方稍候，話筒就隨手一放，這個動作對我像是習慣成自然。

等我想到，跑去準備掛好電話時，意外聽到她同學在哭訴：「妳知道嗎？我很可憐，我是一個被拋棄的人，我爸爸帶著最小的妹妹走了，我媽媽帶著兩個原來的姐姐走了，我現在又一個人被丟在家。」

因為他們這個家庭的背景是有一點點複雜，就是「你的孩子跟我的孩子，在打我們的孩子」的重組家庭。因為爸爸離婚了，多年以來都是跟這個女兒相依為命，那結果幾年前，認識了一位離婚的女性，而原本婚姻就有兩個女兒的媽媽，所以他們結合之後，又生了一個最小的女兒，所以變成四個女兒。

之前這同學就抱怨過：「只要一吵架，爸爸一定帶走最小的妹妹，因為爸爸認為小妹最得他寵、最可愛，然後後母就帶著兩個親生的姐姐走，我就一個人被扔在家，不知道該去哪裡？不知道該怎麼辦？」

偏偏這同學跟生母也沒什麼聯絡，電話中她整個人哭得像崩潰一樣。等到孩子下樓來吃晚飯的時候，我就隨口問：「剛剛那個某某某打電話來，有特別的事情嗎？」

通常這時候，是可以檢視你平常怎麼跟孩子互動的？也許會被輕輕一句帶過：「沒什麼事啦！」

「怎麼會沒什麼？我剛剛明明就在電話中聽到……」如果你一急就脫口而出，那就是你的不對，你可能犯了「偷聽」的毛病。可是正好比較 lucky，因為會經營親子關係，我們母女平常就哈啦慣了，溝通管道還算暢通。

女兒說：「有啊！她問我，我也不知道該怎麼辦？他們家好複雜喔！」

這時候，我們就要故作正經，兩眼直視孩子，表情專注：「是怎麼個複雜法？你說說看啊！」這樣孩子會一五一十地講出來，從親子互動方面來說，感到很可喜，孩子願意和你分享心事；另一方面孩子小小年紀，也要學當垃圾桶，去聆聽很多朋友的這種負面事情。

這就是我強調的，不是只能結交所謂的什麼表現好、成績佳、乖巧、乖順的孩子，我個人覺得沒有必要，父母親能不能夠從比較高的角度，看孩子在成長過程中，所有交的朋友，不該都只是對孩子功課有所幫助的，其他方面呢？

好的朋友固然可以帶他往正向面成長，其實就算不是父母、師長眼中的好學生，一定也會帶給孩子某方面的成長，

這是孩子自己一個 Destiny，一個命運，一個他要遇到的人，而這每個人都是來協助他，讓他自我成長更好，讓他更曉得真正的友誼是什麼？

如果孩子有交一些朋友是你看不順眼的，你也可以很誠懇提出來跟孩子說，但不要像一般父母親直覺反應又來了，又是訓誡、又是不屑、批判又老套：「你交的那個什麼朋友？你看他穿那個亂七八糟樣子、整個頭髮怪裡怪氣、講話什麼德性？這種朋友你也交？」

有些時候，孩子的作怪，是一種表達的方式，他就是要跟別人不一樣，他要 fashionable，他要趕「他以為是」的時尚等等，我們當父母親的，就會有很多人很難接受。

記得在一次人事評選應徵時，有個男生，留著披肩長髮，穿著邋邋，那個牛仔褲束破一個洞、西裂一條縫，襯衫像從哪翻出來的，整件皺巴巴，大家果然對他印象很深刻，但卻沒人同意錄用他。

如果，工作的性質，是允許應徵者有自己的創意的，比方你是應徵設計類，應徵一些比較有創意的工作，應該還可以被接受，可是那一次正好我們要應徵的、是比較偏向中規中矩、要作為表率的教師型，就算他教育程度、專業學位都

到門檻，但將來是要為人師表的，很多同仁商量的結果，覺得還是不妥，因為敬業度不夠。

我的孩子如果交到這樣的朋友，在一般的情況下，或許還沒有話說，代表他的另外一種品味，有這樣的朋友也滿不錯，很藝術型。但是如果就職場競爭的敬業度來說，我會讓孩子多作觀察。

我們不要一味的去責備孩子說：「你交這些什麼爛朋友？能看嗎？」好多傷害性的字眼，都是從「交朋友」這件事衍生出來的，甚至於讓有些孩子，始終只帶同性的朋友回來，從來不帶異性朋友回家，介紹給家人彼此認識。

也聽過某大學某學院的院長，發現他的女兒性別取向，跟別人不同，帶回來盡是跟自己女兒同性別，而且毫不掩飾地在父母親的面前，做出類似情侶的親密動作。這個應該是很有修養的雙博士院長級爸爸跟孩子說：「不要把妳那些不三不四的朋友帶回來，妳以後如果要帶她們回來，妳就不要回來。」

沒想到這個孩子也很灑脫的跟父親說：「你這麼不能夠接受我的朋友，你說她們，就等於是在說我，你傷害她們，就是傷害我，這個家裡有你在，我也永遠不會再踏進家門。」

僵持到現在，已經都近十年了，因為這個女生，就是所謂的同志，這是很多家長不能接受的。

我很佩服的是這位院長的太太，也是這女孩的媽媽，從不能接受、到抽絲剝繭去了解孩子，為什麼會有這樣子的性向發展？原來這個孩子很痛恨，從小最崇拜的爸爸，居然也搞外遇，棄媽媽於不顧，在學校裡面濫用職權，對新進來的女老師、年輕的女講師或是女助理教授，以照顧為名，行 too over 之實，包括打網球在一起、吃晚餐在一起、還一起逛街出遊，毫不避嫌地被孩子不同的朋友們撞見到很多次。

這個女兒心中的英雄偶像，或是崇拜的偶像，整個幻滅。這個女孩告訴過我：「我是網路上，同志網頁的版主，好幾個重點學校的孩子們，很樂意成為裡面的成員。」

只要網路上有些心理測驗，是在測：

你有同志傾向嗎？

是陽剛型的男性？

還是陰柔型的女性？

還是中性人？

這個女孩說，很喜歡做這種心理測驗，每次做完結果都是偏中性，可男可女，可是她因為看到爸爸這樣子傷了媽媽

的心，斷然決然的為自己決定：「我不要愛男生，男生太可怕、容易會變心，我媽媽一路上跟他胼手胝足，包括爸爸去國外求學，媽媽怎麼樣一個人賺錢帶兩個孩子，居然到最後功成名就了，可以棄妻小於不顧，去發展他自己所謂的能讓他青春再現、熱情洋溢的婚外情。」

這個女孩告訴自己：「我不要再相信男生，我本來是可男可女，我決定了，我不要再愛男生，我也可以愛女生。」換個角度看，這個小女生是非常有勇氣的，連到最近，她都還帶著她新任的「男」朋友，所謂的「男」朋友，當然也是一個女性，但是滿有陽剛氣的，整個打扮、氣勢、與男人一般。

她們兩個到辦公室來看我，而且把未來一年的計畫都告訴我，這位「男」朋友書念得很好，也很喜歡做研究，已經有很棒的學歷，某某國立大學的碩士，現在要申請美國的博士學位出去念書，所以這女孩很願意跟「他」一起共創未來。

當天是院長太太，陪著這兩個女孩到我辦公室來，我也給她們最多的祝福，因為這也是交朋友的另一種類型，只是交的未必是符合一般的所謂社會常規、或是倫理價值。但是我覺得孩子的朋友都值得我們尊敬、也值得我們重視。

　　每種人的成長背景不一樣，所以不可以再用傷孩子朋友的批判，來傷自己的小孩，反而是要教孩子怎麼樣去明辨是非，去觀察這些朋友的優缺點在哪裡，哪些可以學起來，讓自己更成熟，哪些引以爲惕，絕對不做跟他一樣的事。

　　尤其對於那些和我們從小一路長大的朋友，友誼出發點單純，是我們應該要珍惜的，因爲你有，別人不見得有，要更懂得珍惜。

　　別一天到晚就拿「無友不如己者」的迷思來刺激自己的小孩，出外靠朋友，孩子應該像生長在地闊天空中大自然的一分子，要經得起風吹日曬雨淋，與其設限孩子的朋友，不如教他怎麼交朋友，從各種不同層次朋友身上，體驗和學到更多，老師、課本也都沒教的事。

第九章

向內看、向外看，做決定

　　父母親本來就有供養孩子的責任。

　　但請問要供養到幾歲？大專院校畢業嗎？念完研究所？還是當兵回來嗎？還是連你交男朋友、女朋友，所有的開銷還要爸媽贊助？甚至供養到已經成家了，有兒有女了？是不是所有的費用還要父母親出？

　　一代有一代的責任，請讓孩子有機會學習，自己把責任扛起來！

　　如果孩子不知道未來前途在哪？整天瞎摸打混，將來怎麼辦呀？

　　但是孩子們卻大氣不喘、理所應當似地說：「不靠你們，靠誰啊？誰叫你們要當人家的老爸、老媽呢？」

　　這是一個很有趣的觀念，最近我去大陸參加中國教育電

台錄製節目時，有一位二十多歲年輕女孩說：「父母親基於獎勵制度，本來就該把所賺的錢，都用在我們孩子身上，一來可以當獎勵，二來父母親賺的錢，不給孩子用要留給誰用？」

　　這個觀念個人非常不表認同，我當下從兩個角度切入，跟這些一起錄影的年輕孩子們說：「法律、或者誰，有規定父母親賺的錢，要全部給孩子花嗎？父母這兩個字的定義，應該不是只限於是金錢的提款機吧？父母應該是孩子成長路上的輔導者、指引者、陪伴者、傾聽者，這些都比只有經濟供應者，要來得有意義得多，不是嗎？」

　　我自己的小朋友也曾經理直氣壯說過：「爸媽都在大學裡面教書，賺的錢不給我們花要給誰花？」

　　這麼離譜，當然是會被我反擊回去：「父母親賺的錢，有完全的權利自己規劃怎麼花，我們歸納出薪水的百分之多少，是用來生活，包括支付食衣住行育樂的開銷，百分之多少是用來儲蓄，以備不時之需。」

　　只要是有規劃的人，都應該很認同，就怕薪水一拿來、錢一到手，不知不覺也不知道花到哪裡去了，很快也見底了，這是任何一個持家的人，都不樂於看到的。所以個人在大學

服務，也聽過一個說法，說如果想送孩子到國外去念書，儘管夫妻兩個都是大學教授，可能只有辦法送一個孩子到美國去念大學，當然出國讀中、小學就不在此限內。

美國的大學學費很貴，一般的大學，一整年書籍、簿本、學費、註冊費、生活開銷，我們很保守的估計，大概也要個差不多一百五十萬到兩百萬的台幣，所以其實夫妻倆的薪水，只能送一個孩子在美國念大學。

如果這個孩子是有弟弟、妹妹的，然後年齡差距又不大，等到這個老大出去了，過了一兩年，老二也說：「我也要出國念書，這樣才叫做公平啊！」是讓父母很吃力的。我所知道很多大學教授、夫妻檔是沒有辦法的。

所以多半會跟老大溝通：「現在送你出去，將來惹弟弟或妹妹抱怨，因為我們實在沒有辦法供兩個孩子出國，與其到時候落了一個不公平的爭執，甚至造成手足心結，大的為什麼就可以出去留學？小的就不能？那不如爸爸媽媽現在跟你商量，我們就不要出國念書，在國內念，一樣可以修完博士。」

如果，父母親賺的錢，真的有必要都只花在孩子身上，讓孩子生活無憂，連包括到未來一輩子從吃穿到住所都無

憂，這是在暗示孩子什麼？反正你將來工不工作，都沒關係，再怎麼糟、再怎麼混，我們都會讓你靠。

　　人都有好逸惡勞的惰性，有爹媽罩著，還奮鬥個啥呀？反正你是我老爸、老媽，你就有義務要照顧我，這就是時下很流行的一個代名詞，叫做：「啃老族」或是「噬老族」或者是「單身寄生族」，寄生在家裡，吃喝老爸的、出門用老媽的，都不用到社會上去打拚，去看人臉色，該有的生活享受一樣也不缺。

　　換個角度來看，現在雙薪家庭很普遍，父母都上班，兒女從小要誰來帶？誰來照顧才最安心？保母費算算也不便宜，想來想去，算來算去，第一個崔屏中選的，當然就是老人家，看是先生的爸爸媽媽呢？還是娘家岳父、岳母可以照顧？

　　這個觀念我覺得，跟剛剛的也差不多，沒有人規定上一代的父母，年老體衰還要幫兒女照顧孫輩，因為他們的「飼団」任務已了，把我們這一代撫養大了，我們自己生了小孩，自己要負責。

　　除非老人家們自己說，已經退休了，很想過過含飴弄孫的生活，很願意來照顧孫兒孫女，很願意靠「騙嬰仔」來打

發時間，讓生活有重心，這是基於愛屋及烏。爺爺奶奶、阿公阿嬤疼孫的心理，覺得給別人帶、外人帶，不如自己帶。這是老人家們自己主動、很願意的，是他們開口要幫我們照顧小孩，如果是這樣子的考量，那我覺得這是當年輕爸爸媽媽的好福氣，老人家願意幫我們照顧。

但是也許在照顧的過程中，會有摩擦、又有一些糾紛，或因教育的理念的不同、或因照料的方式。太多老人家對兒子要求嚴格，卻溺愛孫子，惜孫會比惜子疼更多。我想提醒的是：不能夠像剛剛小孩子會對父母的要求說：「你們賺的錢，不給我花給誰花？」

同樣的，我們也不能去要求我們的父母親說：「這就是你的嫡親孫子啊！你們不照顧，要給誰照顧？」這個觀念是偏差不對的，這是在講生涯之前，我想先釐清一個這樣的觀念。

接下來「生涯」是什麼呢？

生涯有一個最棒最棒的公式來解釋，我個人最喜歡的：
生涯＝生命＋生活！

　　生命要嚴肅、認眞地看待，因爲沒有可逆性，一旦出事了，重則整個人生就毀了，輕則殘廢、半身不遂、終生受某種傷害、折磨等等。所以生命絕對要認眞、嚴肅地看待，這是我們從小敎孩子，應該要有的基本精神：生命必須認眞、嚴肅地對待。

　　當然人生不能一直都這麼嚴肅，接下來就有個生活面，生活要安排得充實，有內涵，而且用輕鬆、幽默、好玩的方式來過日子，要不然像台語說的：「日子很歹過啦！」每天一起來，想到一堆待處理的事，眉頭就先打結。

　　台灣的孩子都很早起，有的爲了學校遠，得摸黑早起通勤，就算是學區內就讀，也不能夠超過 7 點 20 吧？台灣的孩子滿辛苦，七早八早就得到校早自習，等一上了國中，嚴格點的學校，早早就有考不完的各種測驗卷，爲高中基測「打基礎、做準備」。

　　以美國來說，學校八點半上課，如果這個學校又是離家很近的話，不需要坐校車，走路就到了，那孩子睡到七點半，或快八點都有可能。所以光是早早起床這一件事，台灣孩子很辛苦，看得出東西文化又不一樣的地方，我們的教育，實在花了太多的時間，在所謂的學習上。

　　生活要怎麼安排？這其中就牽扯到，每天一睜開眼睛，知道自己的角色，也是我們一般通俗講的身分，從一早醒來、清醒的時間，上午、中午到下午，一般國內的莘莘學子，可能唯一能夠自己掌控的是下課休息時間，而不是放學後。

　　好多孩子一放學後，馬上要去安親班、去補習班報到，或者是回到家裡，還有家教在等著。熬到週末假日，面臨基測的學生，學校還有複習日，還要請你到學校去，加強複習和一考再考。短短的寒假，孩子或許才能幫自己規劃點什麼，暑假看似較長，可是又有暑修又有功課、有考試，對孩子來說，只是課業減半，只能偷笑而已，哪有什麼「規劃」可言？

　　有一個重要的觀念叫做 How to balance your life 如何平衡生活，過生活，是要靠平衡，不能夠有一方面的傾斜，都是在拚讀書，死讀書、讀死書、書讀死、讀書死，最後就是變成「知識的巨人、生活的侏儒」。

　　一面倒的只傾向於只學習、只念書，其實這個日子肯定不好玩、太嚴肅了！但若是存心混張文憑，一點危機意識都沒有，以為這樣先混過關就好，小學混完混國中、國中混完混高中……

　　但是回到公式上，生涯＝生命＋生活，就希望能懂得安

排一個比較有趣、有內容，每天開開心心、快快樂樂的過日子，所以在生涯規劃這個點上，首先要的個體認是：如何把自己的生活，經營得讓自己滿意，過一個滿意、有自尊的生活方式，也是一種生涯規劃的基本態度。

　　沒有人能夠決定出生，試問有誰跟自己的父母親報備過：「我選好你們，要來投胎了。」沒有！試問又有誰知道自己哪一天死亡？所以「生」不能決定，「死」又不能預知，那我們人唯一能控制的，就是由生到死這一段，在生涯裡面把這段叫做「生涯彩虹論」。

　　從生的那一點，畫一道彩虹，到死的那一天，「生涯彩虹論」說的是：這一段時間內，我們要怎麼過日子？

　　第一段，叫「成長階段」。這一段非常非常需要爸媽全心全意的陪伴、投入，跟他一起成長，這一段大約是到 15 歲左右。

　　15 歲到 25 歲，這一段的孩子叫做「探索期」，因為義務教育到 15 歲，可能他就跟著義務教育的安排就讀。差不多到了國三、高一，他已經有某種的成熟度，會開始思考我的未

來在哪裡？15 歲到 25 歲正好是孩子要進高中或者是高職，繼續念大學，念研究所，甚至於男生要當兵，也許將來變募兵制，連當兵的日子都省了。

究竟 15 歲到 25 歲的探索期是探索什麼？

是探索自己能力在哪裡？有沒有培養出來？自己的性向，先天帶來的一些特質、智力等等，性向與智力，可以經測驗得知，這個，是沒有辦法靠坊間的補習，就會把自己的智力測驗考得很好的。

難免有人不懂，台灣不是什麼都能夠補習的嗎？一聽到教育部說要加考公民與道德，馬上就變成重點熱門補習科目。只要風吹草動要考什麼，坊間一定馬上就有什麼可補，所以有的人要進資優班，要考智力測驗，父母也趕快來去打聽，要上哪兒去補習「智力」？

幸好智力、性向是天生賦予，那是不可能「惡補」出來的，天生的叫做 Ability，天生的一個能力，後天學到的叫做技巧 Skills，是後天學的，要了解自己這兩方面，先天和後天，然後再做自我的了解，自己有什麼興趣，因為有興趣才有動機。

我到底最適合做什麼？以人格特質來說，內向的人，父

母就不要強迫他去做 Sales 推銷員，外向活潑的小孩，就不要要求他走一些很靜態的，最後在圖書館當圖書館管理員，這都是很不搭的。

　　先搞清楚自己的性向與智力，才能夠真正的定義我是誰？當孩子從成長到探索，最重要的工作就是找出「他到底是誰」？

　　「生涯彩虹論」的五個內容，講的就是：
　　第一個，是先天的能力或是性向。
　　第二個，是後天學來的技能、專長。
　　第三個，是自己興趣之所在。
　　第四個，是所謂的人格特質。
　　第五個，就是這個孩子需要去探索自己的價值觀。

　　價值觀，就是認為這一生什麼最重要？也許有孩子認為賺錢最重要、有錢最重要，不能說他全錯，因為人不愛財，大概也是天誅地滅。這跟人不自私一樣。

　　話說：「鳥為食亡，人為財死。」都有自道理存在。可是一定要讓孩子知道，君子愛財要取之有道，這個「道」，就

是自己要去找出來的道路，正正當當的道路，不能走偏了，不能把道德、美德的智商給丟掉，爲了要賺到錢，欺、拐、搶、騙、不擇手段，這樣就不對。

所以生涯是有其連續性的，從 0 到 15 歲的「成長期」，發展到後來 15 歲到 25 歲的「探索期」，大概 25 歲就可以慢慢走向三十而立，就是要去找出他自己的生涯方向，探索完畢、已經確定了，這個階段最重要的工作叫「建立期」。

建立起自己的事業王國，倒不見得說眞的要像鴻海、台達電、台積電，或是像王永慶這種大財團才有自己的事業王國，每一個人都有自己的事業王國，不論規模，也就是你自己建立出自己的品牌，原來我的專長在哪裡，我可以充分的發揮，達到人境適配，人跟環境非常適合。

像我是一個很愛把觀念跟大家分享的人，我愛講話，找到的工作正好就是需要靠口語表達，傳遞知識給大家，或是可以跟別人討論，或是幫助人家解決一些生活、情感、生涯、學習上的困擾，那我們跟環境就很 Match，這個叫人跟環境非常的適配。

這一段建立自己事業王國，是要把自己之前所有學到的東西，尤其是剛剛前面這個探索期，15 歲到 25 歲，像塊海綿

般的，去努力的探索、學習，學習到的東西，就是要拿來打造事業的基礎，也許獨資，自己想開創什麼樣的事業王國，但是通常這個都需要一些經驗的累積，不可能在剛開始 25 歲、30 歲就可以做到這一步。

那也許走合夥還不錯，創業如果不可得，合夥至少跟一些有經驗、信任得過的朋友一起打拚，否則的話就是找一份很合乎自己興趣的，或是你看重的價值觀在哪裡？有人看重的價值觀，是以賺錢第一，有人看重安定性第一，安定穩當的，只要每個月有薪水進來，當上班族何樂不為？

第四個階段叫做「想盡辦法維持住」！建立事業王國之後，有一個「維持期」，把自己的這份飯碗保住，認真的、敬業的在自己的工作崗位上，發揮一己的力量，就算是個小螺絲釘，也是不可或缺的重要環節。

或者是看準了我要怎麼樣讓我在事業的版圖上，穩定中求成長，很穩靠地發展下去，一直到最後退休，現在人的退休年齡都往前提了，也許年輕朋友只想做到三十歲、四十歲，然後去享受自我的人生。

真有年輕人這麼想，其實那真的太早，除非你還有第二春的規劃，以我們這一輩的人，以前公務人員、軍公教，大

概都是以 65 歲為退休期，但是現在看到周遭的朋友在高中、國中、國小教書的，一到 50 歲，因為教書已經滿 25 年，又到 50 歲，就有月退可以領，很多人就紛紛求去退休下來。

我周遭的人中，現在 55 歲的，沒有一個人是還在高中、國中或國小的教育工作崗位上的，大部分都退了。像我們因為可以在大學教書，中間又花了一些時間去求學、去充實自己，所以我們還滿認真、滿開心地繼續教。

其實 50、55 歲都是我們人的智力、固體智力結晶期最棒的時候，你的人生閱歷多豐富啊，那叫「經驗法則」，這可不是只靠讀書增長得來的見識，若因年齡一到，就此退休，多麼可惜！何況也才不過半百，不是有句老話說：「人生七十才開始」的嗎？

這個時候，我們如果可以把自己所有之前的經驗，加上所學東西、專業結合在一起，其實個人覺得 50 到 60 歲，都還是生涯發展還可以持續「發亮」的。不要太早把「衰退期」，最後一個生涯規劃階段，拿來訂在 40 歲。

聽到很多年輕朋友，包括我自己的學生都這麼說，他們要大賺一票、海撈一筆，能夠累積到某種的財富，然後就要開始退休、享受人生，這種思考 it's maybe too early。我

們如果「衰退期」訂在 55 歲，你都還得想：我退休下來，職場生涯告一個段落以後，接下來也有二三十年左右，我要怎麼安排生活？

　　剛剛講生命＋生活是我們人一生工作的生涯內涵，所以這裡面也是有一些可以看出端倪：一個人，最後活到老的時候，回想自己年輕一路走來，很像回頭看那個馬車經過的痕跡，因為這是生涯這個字的來源。

　　生涯叫做 Career，字典裡面有一個解釋是，以前那個時代的馬車，所走過的那個痕跡，兩個大輪子一路壓過去，那個痕跡是希望你到了年老，就像你回顧你的人生，千萬不要像個歷經滄桑的老人，坐在那邊咳聲嘆氣，徒呼負負，一直在想：「如果我年輕的時候，怎麼樣就好了，我這樣做就好，我那樣做就好了，如果當時怎麼樣、怎麼樣就好了……」

　　千金難買早知道，追憶這些有的沒的，都是為時晚矣，只有增加自己的頹廢感跟無力感，換句話說，就是要利用自己年輕的前面這幾個階段，一路從成長、探索、建立、維持，好好地規劃自己的生涯，才不至於到了最後年老的時候，感嘆一堆。

　　所以生涯可以先從 CAREER 這字面的意義跟孩子再

教育，每一個字母都是有用意、有其精神的內涵：

C，代表連續性 Continuousness：跟孩子講龜兔賽跑的故事，中間若有一方要休息、要投機、要取巧，那兔子就被烏龜趕過了，所以生涯是每一天，都要為自己下一個生涯做一點準備，有連續性在的。

A，代表 Awareness：Awareness 的意思是覺察，念了這麼多年的心理學、諮商與輔導，得到最重要一個核心觀念就是：心理學一路在教我們人，怎麼樣瞭解自己、覺察出來，覺察自己能力、性向、興趣、價值觀、人格特質，甚至還要覺察周遭的環境，不是光只有自我，還覺察你的身邊，更可以擴大到覺察目前整個社會趨勢是什麼，國家需要哪一方面的人才，未來整個世界經濟的走向等等，這個就是A的意思。

R，的意思叫角色扮演 Role play：就是我們先前提到的，如果以我們的孩子來講、以學生角度來講，他每天最重要的清醒時間、所扮演的角色就是一個學生。看他能否將他學生的角度扮演好？當然下課他回家了，跟兄弟姐妹在一起，他就扮演手足之間的角色，，甚至於跟家人相處，他是別人的兒子，人家的女兒等等之類的，有很多的角色。如果三代同堂，孩子回到家，看到爺爺、奶奶，還要扮演孫子、

孫女等等。

　　人這一生所有的角色，每個角色都有他的職務內容，也像我們在職場中扮演不同職稱的不同角色，是否每個不一樣的身分，都是稱職的表現出來？

　　E，第四和第五都是 E，第一個 E 的意思，就是我們剛說過的第一個階段，叫探索期 Exploration，Explore。電視上有個探索頻道也是這個意思，就是一生都在探索，探索自己生涯的五大內涵、了解自己的內涵夠不夠充實？再努力的發現自己有沒有新的興趣？有沒有培養出新的能力？如果外界的世界改變了，我有沒有辦法跟著變？現在有這麼高的科技，我是不是要跟著變？這也是一種探索。

　　第二個 E 就是教育的意思 Education，終生受教的能力。終生學習的過程，都可以叫做生涯的精神，所以要活到老學到老，教育是最好的投資，所以可以從教育裡面，政府或是家長幫付學費，提供一個很好的環境讓我們念書，在全世界排名起來，台灣的教育費應該不算貴的，因為國家補助了很多，那我們在學校裡面可以學到什麼？

　　總不辜負自己當一個學生，不管選讀到什麼科系去，該學的東西就要學，你學成了沒有？既然接受教育，必然可以

從中得到很多，才能奠定將來足以在社會上，不管是成家立業或是自己要創業，一個最扎實的基礎。

R，代表 Responsibility，最後一個字又回到 R，你要有責任，而且還有一個意思叫尊重，Respect，在此也呼籲父母親，尊重孩子們的生涯選擇！孩子也是要相對的，你尊重父母親給你些什麼建議，他們難免帶著一些期望，但是大家站在尊重的角度，就不會過分苛責去要求對方。因為孩子也有一個責任，自己的生涯規劃要自己來，不能假手他人，這也是一種尊重：我自己要決定走哪條路！

最擔憂台灣很多父母親，是幫孩子決定生涯的，你適合念什麼？台灣這個年頭永遠都有人這樣說：「醫生跟律師是最好的。」那其實不見得每個人都適合去從醫、從法，尤其在醫學院裡面，自己在大學服務，看到醫學院進來的新生居然有 41 歲、42 歲的。

雖然說醫生這個專業，只要自己不退休，可以一直執業下去，就算不拿醫生這個行業來賺錢、來當作工作謀取三餐溫飽，還可以照顧自己、照顧家人，但是父母親不能強行逼迫讓孩子們去讀你所想要他們讀的，或是你自己以前年輕的時候，沒有達成的夢想。

　　請在一個尊重的立場上，去了解 CAREER 最後這個 R，意味著以尊重的角度，讓孩子為自己的生涯扛起這份責任，因為那是他的選擇，做選擇的人，他應該負責任，除非是當爸爸媽媽的幫忙選擇，那你這一輩子，就要背負他所有生涯的成敗了。

　　你幫他做選擇、你幫他決定讀哪一個領域，這是我們不樂於看到的！因為每一個人有自己的路要走，他人生有他的功課，包括他的學習、他的專業、以及他未來得以安身立命的一份志業，這都是要靠孩子自己來做決定的。

　　不能說是父母親認為他適合做什麼，就以「早閉型」之姿，讓這個孩子很早很早，就把所有的可能性都關起來，他不知道除了當醫生之外，他還可以做什麼？因為或許，醫生不見得適合他。

　　就像很多女生，從小生涯規劃，很多長輩，包括父母常常跟女孩子說：「妳們當女生的，做小學老師很好哇、一早可以先去菜市場買個菜，中午還可以回家煮個飯，早早就下課放學，還有寒暑假可以放，錢又照領，沒什麼工作比這更適合女孩子，就算結婚之後，既可以工作賺錢，又可以好好照顧到一家老小。」他們都以為當老師是女孩子生涯規劃的

首選，這只不過是父母親的想法，其實不盡然。

在生涯這一塊，除了讓孩子從國小開始，讓他有勤勉的習慣，不能整天瞎摸打混，他是學生，就把角色扮演好，該去上學就去上學，這樣可預防一些中輟生或是拒學症。如果孩子拒絕或畏懼上學，當然也要知道是什麼原因，造成這個孩子的不愛上學。

曾經到兩所科技大學去演講，第一次是一百二十多個大學生坐在那邊，問他們說：「喜歡自己目前就讀科系的請舉手。」大概一打左右，才十分之一耶？只有 10% 的孩子喜歡自己所讀的課業？

我接著問「那你們有 90% 都不喜歡，幹嘛每天還來這個科技大學上課？」整個會場，居然還統一回答：「混文憑！」

我說：「你有本事，就混得夠力點、有學歷、有技術，不要瞎混！」

即便是國立大學，讀夜間部的孩子，總覺得他們的資源比較少，所以串連夜間部類似學生會的組織，不分科系、不分學院、不分系所，到每個老師的研究室去串連，希望老師在他們的陳情書上面簽名說：「畢業文憑、畢業證書上面，不要寫『夜間部』，或『進修推廣部』這樣的字，因為會減低

他們跟別人競爭的能力。」

　　人家看到你是月亮班的，那一定是不如太陽班，是讀夜間部，所以那時候好多學生在串連，也到我辦公室來，我其實滿猶豫的。

　　我說：「老師現在不方便簽字，等我弄清楚，因為這是跟學籍法有關，有法要依法。」結果沒想到那時候學校有個家長座談會，校長帶領三長，學務長、總務長、教務長，帶領各個學院的院長，系主任也有很多人參加，面對著五六千個大學生的家長們，就有一個爸爸在提問的時候說：「孩子最近更沒有心在念書了，每天都在跑什麼要把文憑上面的夜啦、進修推廣啦這些個字去化掉。」

　　我就馬上聯想到這幾天，孩子們在每個老師的研究室裡面流竄，目的就是如此，記得當時的校長，非常有魄力的一位先生，個人十分敬佩，尤其在他回答這個家長問題的時候，是這麼回答的：

　　「我知道、我了解您的心情，替孩子擔心、著急，怕他因為夜間部或推廣進修部，讓孩子競爭力減低了，但是我們的原則是：這孩子怎麼進來的就請怎麼畢業。除非他要從夜間部再重考、或是再轉學、或是再辦什麼公開其他的程序，

必須能夠依照合法的規定，到日間部來就讀、拿畢業文憑。」

　　我也看過真的有孩子這樣做，這個孩子本來是夜間部還挺活躍的，也當夜間部聯合學會的會長，他當初就很立志要插班插回日間部，如果這個孩子原本是念土木系，他應該插回日間部的土木系。可是他拿著各個科系，開放幾個給轉學生或是插班生的名額，跟我講：「老師，你看這日間部土木系只開出 3 個學生名額，這個機械系開了 9 個耶！9 個機率當然高囉！」

　　他是個很會鑽研的小孩，應該是說在某個程度上 he is very smart，按照這個比率，所以他後來也真的很順利地轉學到日間部，也充分享受學校的資源。若干年後我遇到這個孩子，我還問他說：「你現在怎麼樣？」

　　「老師你一定不敢相信，大家都要讀研究所嘛！我當然也不例外啊！可是研究所競爭實在太激烈了，我又恢復以前那個做法，先上網去查，哪一個研究所報考人數不多，錄取人數卻還滿可觀的，那個比率，對我們這種考生最有利的，我就去報考。」

　　我好奇了：「你講了這麼多，你以前在成大是讀工學院的，不然你現在在哪裡？」

「報告老師，我在讀台灣大學國發所。」

我第一次聽到國發所，我還不太懂：「什麼意思？」

「國家發展研究所！」

我更不懂了：「那是什麼啊？」沒聽過。

「是以前的三民主義研究所啦。」

我開始抓到竅門：「那學生報考的比例怎麼樣？」

「33 個人報考錄取 11 位，老師，這種 1/3 的名額太棒了！」

那個學生當下拿出名片給我看，上面就寫著好顯耀的字眼：「台大國發所研究生某某某」。很特別的一個孩子，原來他興趣這麼廣泛，念理工的、自然組的、居然可以念文史法商類別的國家發展研究所，這也是其中一個小插曲。不過至少這個學生他有為他自己負責，他也是經過一番努力的。

所以，不要讓孩子覺得說：我家財萬貫，父母所有，本來就是要留給我們的！

年輕一代，更不可以有這個想法，父母親辛苦是他們自己辛苦所得，他願意投資在我們身上，對我們教育投資，應該也是有限度的，不能無限上綱的投資。

自己雖常說：「賺再多錢都不如投資在孩子身上！」可

是投資的目的，就是讓你多學習，對你有興趣的領域、或是你要鹹魚大翻身，原來學什麼沒興趣，想要重新學，諸如此類的投資，台灣父母親都非常樂意的。

可是不能讓孩子或是年輕朋友們，有這種有恃無恐的想法：怕啥？我一生是「靠爸」、「靠媽」靠定了啦，天生不愁吃穿用度，誰叫他們那麼會賺？能賺？把我這輩子要賺的辛苦錢，都先幫我賺足了，不給我花，給國稅局啊？又不是頭殼壞掉！

父母親本來就有供養孩子的責任。但請問要供養到幾歲？大專院校畢業嗎？念完研究所？還是當兵回來嗎？還是連你交男朋友、女朋友，所有的開銷還要爸媽贊助？甚至供養到已經成家了，有兒有女了？是不是所有的費用還要父母親出？

一代有一代的責任，請讓孩子有機會學習，自己把責任扛起來！

「生涯」這個字眼，很希望每個人都去充分了解這九個字的內涵，生涯有三部曲：

向內看，向外看，做決定！

向內看的人，知己者明，了解自己明明白白、充分自覺，才知道自己適合做什麼？自己的專長、性向、能力、興趣、人格特質、價值觀在哪裡？知己者明。

然後要能夠向外看，看看外在這個社會、外面的環境，需要哪些方面的人才？哪一種的就業率比較高？也許不是你最喜歡的，但是有一個心態叫做：先求有、再求好。個人當年到美國去念書的時候，明明還是很喜歡諮商輔導，可是第一個障礙就是語言，第二個當初所有去美國念書的，儘管你是社會科學類的、文史法商的，很多人都轉念電腦。

當初流行的一句話說：「管你是阿貓還是阿狗，來美國都可以念電腦。」因為電腦是未來的趨勢，正是所謂的 Computer science，記得當時跟我同時出國的大學同學，有兩位是比較偏新聞的，一個是比較偏圖書館，而我自己是比較偏專攻社會工作，我們三個同班同學到了美國，另外兩位都轉成功了，一個還繼續念到有關於電腦資訊的博士，另一個同學念電腦念到碩士，他畢業從來不愁工作，反而從這一家電腦公司跳到另一家的時候，年薪是以 7%、10%在遞增的。

而我自己修了秋季班的三門課，從 9 月上課到 12 月，我發現每次要去列印室拿成績單時，因為以前還沒有這麼發

達，我們電腦輸進去，作業老師要我們打，都還是那個叫做 fortran，fortran 一種電腦語言，我們要把很多資料打進去，一張一張卡片，那電腦卡全部輸入了，都不能寫錯，1是1、2是2，寫錯你就要去找 bug，要找出錯在哪裡來，超級麻煩。

　　寫電腦作業時，自己認為都很好，然後讓電腦跑一下，會跑出結果來，每當我要去列印室拿電腦的結果，也就是作業要交給老師，他好評分，記得當初我要到列印室拿的時候，我總是沒其他同學那麼起勁。

　　台灣來的大家一路談，都在講：你覺得那一題會怎麼樣？你那個結果會怎麼樣？不曉得這樣做老師怎麼想？他們都很熱中，我一副很無所謂，因為我想，我把作業交給老師，你把成績給我，那就完成了學生與老師間的交易嘛！

　　當你沒有把生命力放進去你所學的時候，你是不會有感覺、有感動的，也就表示你將來也不可能會成功的，因為那不是你自己很樂意去做的。所以拿到電腦作業的時候，大家還又在那邊討論，印出來一疊就開始翻，你這題怎樣，我這題怎樣，我都是看起來也沒什麼大錯，拿了就走，就是想能夠交給老師就好。

　　念了一學期，到 12 月的時候，我毅然決然把我 1000 塊

美金交的學費，全部當作是一個更高察覺要付出的代價：原來我真的不適合念電腦！所以在過完聖誕節之後，第二年的一月也非常幸運的，諮商輔導那個領域，願意收我當 Conditional student，也就是帶有條件的學生，因為對我的能力還是存疑。

他說妳可以先修兩三門課，如果修到都是 B 以上，那我們在過完暑假後，就正式收妳當學生，不過這學期妳只能做 Conditional student，聽他這麼說，我已經很開心，所以非常努力地去寫每一項作業，很認真地去找資料，結果還不錯，三科大概有兩科 A、一科 B，也就順利地進入諮商輔導，我終於回到我所喜歡的領域，也就是奠定日後一直到現在，所謂的整個志業、事業生涯的基礎，因為我找到興趣的所在。

你到底要探索什麼？

我是誰？

我到底要從哪些角度去認識自己？

那一份覺察，從腦袋開始，不要注意頭皮上面，我的髮型要怎麼樣，注意頭皮下面，你的價值觀是什麼？

你覺得這一生該怎麼過？

難道真的只靠父母親嗎？

站在父母親的角度來說：

我這一生，就完全以孩子的成就當作我的成就啊？

那你的自我呢？

沒有了？不見了？也許賺錢也是你最重要的價值觀，那你只要取之有道，能夠把這個錢再做活用，人不愛錢是沒見過的，但要從工作價值觀、或是從生命價值觀，去引導孩子。

人的兩隻手 hands，一隻好比能力、性向，另外一隻手，是後天學習到的技術、專長。兩隻手，表示這是你日後要跟別人競爭的籌碼，請家長從這方面多去為孩子投資。

而當孩子的也要知道：沒有三兩三是不能上梁山。我將來拿什麼、憑什麼跟人家競爭？我的籌碼在哪裡？我能夠跟人家競爭的本錢，莫過於我有專業、專長，某些工作的執行力上，先天就做得比別人又好又快，那種敏感度，也是一項不可或缺的人格特質。

心，代表我們人的人格特質，要傾聽心裡要告訴你什麼訊息？不要一味盲從地跟著時代潮流走，我到底最適合做什麼？

　　像我這麼活潑的人，是不適合去做很靜態、很靜態、不跟人接觸，好比圖書館員，那個工作絕對不適合我，所以我大學可以選圖書館組的時候，死都不要選，因為我一天不講話就會死，不、半天沒說話就會死，圖書館太安靜了。

　　也不要讓一個很內向很內向的孩子，你一直 Push 他，現在什麼工作都沒了，就是做 Sales 最多，你就好好的去衝刺、去搶業績。他明明就很內向、又不善跟人交往、表達能力又不好。何苦這樣為難他？

　　當然也有人是值得學習的，我要提到這位，是十分值得學習的角色、楷模，叫做戴晨志博士，據說他從小還是一個口吃的孩子，講話結結巴巴，也很內向，不是很勇敢的、不是很喜歡跟人社交，可是他能夠到海邊去，用海邊的那種卵石，沒稜沒角的，放在舌頭上，對著大海學發音、逼自己的口吃矯正過來。

　　他的勇氣是他站在公車上，以前還沒有捷運的時候，都是公車來來去去，擠沙丁魚。他還是學生的時候，深知口吃這是他的致命傷，居然在某一天上學，搭上公車時，人很多，他只好拉著那個環站在那邊，為了訓練自己的勇氣，居然敢跟坐在他前面一排的乘客說：「我接下來要發表十分鐘的演

說，目的是要訓練我自己的口才。」可能把那些坐著的乘客嚇壞了也不一定，就開始拿一個主題來滔滔不絕的發表自己的意見。林林總總的這些，居然造就了我們今天在台灣，有這樣一位很成功的名演說家、作家。

踏在興趣的土地上，對年輕朋友，前面要加兩個字：「最終」踏在興趣的土地上！

可能一時還沒有辦法找到自己最有興趣的事，也許是還不知道自己興趣在哪裡？也許是父母親常常給孩子澆冷水：「興趣？興趣能當飯吃啊？」我們常聽父母親這樣對小孩講。我就很喜歡拿自己的例子，鼓勵年輕人，你就回去跟爸媽說：「有！饒夢霞，就是一個把興趣當飯吃的老師、教授，她說從小就很愛講話、超愛講話、超愛幫助人家，現在就靠著演講、諮商輔導在幫助別人，她的興趣，真的拿來當飯吃。」

現在我們大人講話，言者諄諄、聽者藐藐。可是像我講話，我們小朋友、年輕人、從國小三、四年級，五、六年級一路到大學生、研究所、社會人士、爸爸、媽媽，連長青俱樂部、長青會老人館，都很願意聽、都很愛聽，那也許我正好就是把專長發揮在對的地方，因為我喜歡講得讓觀眾感覺很有生命力、講得很精采、幽默、詼諧，又在輕鬆的氣氛下

可以學到東西。

所以每一個人，都可以踏在興趣的土地上，那個意思是：

每天早上一起床，兩腳一蹬，踏到地板的那一刻，就覺得有一股暖流，從腳掌心一路竄流上來，因為我知道我今天要去做什麼，我總是帶著興趣來展開我的一天，因為我做的事都是我所選擇的。

如果將來上班、就業、進入職場，所做的工作都是自己喜歡、有興趣，那股暖流自然竄流全身。就像我個人，每天不管有多少場演講、要上多少課、要跟多少人互動，我其實都是滿開心、滿歡喜的，這個是因為做到自己有興趣的工作。

年輕人也許一時不行，但總要認清每一份工作都有它的價值，我的名言叫做：「參與就是福氣，工作必有價值。」每一份工作再卑微、再小、再跟你的專長不合，都還有它的價值存在，讓我們從中學到什麼。

所以年輕朋友不要急，慢慢找、慢慢做，一個工作至少做個兩三年，學到精華了，你再換一個，每份工作都學到核心，然後有助於你自己能力的提升、專業的累積，實在是非

常值得恭喜！

　　所以這個年代的口號叫做：「先求有，再求好；先求有工作，再求好工作」，有工作，就是不管什麼，我們都去嘗試，其實台灣這幾年失業率這麼高，我一直在納悶，我們失業率高，爲什麼還一直聘外勞？

　　原來是很多年輕人不願意放下身段，像我覺得爲人幫傭，照顧一個老人家，一個月兩三萬，我覺得也很好啊！現在先學，也許將來自己的父母親老了、年紀大了，我們也知道如何照顧他們，這是一個趨勢嘛！

　　銀髮族的趨勢，根據個人最近參加的研討會，幾天下來，認定有幾個行業是我們剛剛講的向外看，一定要注意未來發展的趨勢，因爲這四大行業會夯的：

　　第一個，就是跟「環保、綠能」相關的永續事業，地球上的能源越來越少，所以這個行業只要跟綠能相關的，都不怕找不到事做。

　　第二個，是所謂的銀髮族、銀髮事業，老年人這一塊，少子化，讓老人需要有國家的機構、或一些民間的機構來照顧，所以照顧老的、照顧越生越少的小孩，這兩塊都很 OK。

　　第三個，叫做生物科技，現在就很夯，方興未艾，幾年

內還不會式微。

第四個，就是所謂的「創意產業」，富有創意設計的頭腦，我們叫做創造力 CQ creativity，你的創造力夠不夠？觀察力敏不敏銳？有沒有常常去動腦筋想？這個東西還可以怎麼表達、還可以怎麼做？不要因循苟且，只因循著前人的做法。

時時保持在創造的情境，可以證明是最永生不朽的，就像病逝的廣告教父孫大偉，就是一個創意十足的人，所以一直到被國家所沿用，創出來東西讓人家 so impressive，印象這麼深刻，就那一幕都不會忘記。

這四大產業，從環保綠能的永續，到所謂的銀髮族，到生物科技，以及創意產業。也許這可以提供給向外看的孩子們或是父母親們做個參考。

最後三個字，叫「做決定」。

做決定是如何在決定點上，為自己的生命負責，父母親、師長，絕對只能站在旁觀者的角度，或是比旁觀還要深入一點，可以提供自己的經驗，給孩子做參考，但是絕對不要在主導的地位，跟孩子講一句：「你聽我的絕對沒錯啦！我是你爹、我是你娘，你看我們過的橋比你走的路多，我們是不會害你的。」

　　這也許，在無形中造就了一個沒有自主能力，很早就把很多機會關閉起來的孩子，非常可惜，你應該在從旁協助，就像自己的女兒，申請了一年某的大學被打回票、第二年該所大學的建築系還是不收她，她就是有一試再試做不成，再試一下，不要氣餒；但她也知道遇到挫折時，必須重新評估與出發。

　　她說：「媽媽，我還要為自己努力一年，如果明年真的仍然沒申請上，我有去那所美國大學的學生輔導中心、生涯發展中心，去做過生涯興趣量表，我喜歡做的事，原來還有人力資源 Human Resource、或是 Counseling Psychology，還可以讀心理學，讀諮商輔導，這樣不是很好嗎？」

　　孩子為自己努力過，青春不留白，那種為自己做決定的感覺真是好，也許她有興趣、沒能力，可是就衝著有興趣，會把能力慢慢培養出來，不要像我當年去美國念電腦系，我有能力念得很好，期末的成績我不比別人差，念了電腦，2 個 A、1 個 B 不算差，但是我沒興趣，覺得這樣念下去，生命即將要荒蕪，我沒有辦法每天很生龍活虎地活著。

　　多年後的現在，只要一想到要諮商、要教學，快樂多了，我幹嘛去對那些沒有生命的、死板板的數字，還一個差錯都

不能有的，一是一、二是二，我不喜歡這樣，所以我的孩子，由她們自己做決定，我們站在從旁輔導，可以提供很多資料。

可以跟他講、提供線索讓他們比較，但是請不要主導！

向內看、向外、看做決定！

向內看，看得清清楚楚，非常透徹、非常清晰，像剝洋蔥，就算剝到自己的缺點會流眼淚，也不怕流眼淚地去面對自己的缺點，想辦法改進，改進不了，與之共處，我天生就是這一塊有缺陷，沒有人十全十美。

向外看，看得透徹且深遠，能夠知己者明，知彼者智。用智慧看外在世界，會去做評估，就像我們對國中、高中老師一樣，做了個評估。我問了這些國、高中老師，將來你們的孩子再過個幾年，大學畢業，你覺得那時候的市場，哪些職業會很夯，很需要哪些方面的人才？

我們一得知那結果，就叫向外看，很有智慧的人，會朝著未來的這個潮流、或是趨勢，為自己做準備。向內看、向外看之後，做準備，就是表示要做決定。

我做的決定，要讓自己不後悔，就算決定做錯了，我還有修正的空間，因為畢竟我還在學，學習者永遠有犯錯的權利。可以見風轉舵，願意學一套兵來將擋、水來土淹，天塌

下來還有高個子擋著的哲學。或是我可以未雨綢繆地先學到一些，或是我可以趕上時代風潮的。

我們看到太多成功者、企業家，他們真的不是說學院派出身的，或是書讀得多高，最有名的是王永慶，小學學歷吧！不曉得小學有沒有讀完，從扛米工人做起。專科畢業的嚴長壽，從送傳真的小弟做起。

我到電視台去錄影的時候，多認識了一下澎恰恰跟許效舜，澎恰恰早年是在我們台南的某某工專讀機械科，他後來做的跟機械完全無關。許效舜更是北部的一所海專畢業，以前當過法醫，也是公務人員，很穩定，可是他有他的才華、他有他的創意，他們倆合作的「鐵獅玉玲瓏」，轟動全台灣，幾千場接不完。

一直覺得行行出狀元，三百六十行，每一行都需要人才，請不要剝奪孩子可以開發自己潛能、學習他有興趣的東西這一份權利。普天下父母親就不會聽到孩子們說：「我就是愛瞎摸打混，過一天算一天，反正你們兩個有的是錢，你們捨不得花的錢、我來替你們花。」

尊重孩子的選擇，讓孩子學習做一個對自己負責任的人！

　　所以麻煩家長，面對這個負責任的「餌」，角度是尊重，尊重孩子，我們就不會發生這麼多，非要親子過招、非要一言九「頂」、各自火爆表述的場面了。

孩子有話說

只看到錯的事

劉沛婷／國二女生

　　總覺得，為什麼爸媽都只看到我們做錯的事？拚命的責備我們？

　　而做了對的事，好像都沒看到？連一點點的稱讚誇獎都得不到？

　　常常父母都一直念，說我們只會對他們頂嘴，但他們都沒想過嗎？為什麼我們會這樣？其實我們只想，得到一些鼓勵，若父母都一直看壞我們，我們也難免會心裡不平衡吧！

　　我們也沒真的多壞啊？每一個人都會有做錯事的時候，如果可以先用好好的說，而不是一開口就罵，這樣我們和父母也不會有那麼多爭執了。

　　很多大人和我們之間的事，難道就不能用溝通的嗎？我很想鼓起勇氣問爸爸媽媽：「不是應該要和我建立一座溝通

的橋樑嗎？」

　　我也想家裡能夠避免一些不必要的吵架，也想多包容父母的辛苦，不要因為一點小事就頂撞父母，我們雙方都各退一步，不是也很好嗎？

　　如果父母能多了解一點我們，請多一點鼓勵、而不是越罵越大聲，那就太好了。

你們只在乎成績

林麗鳳／國二女生

我們現在的科目和題目，跟你們自己念國中時候又不一樣，難度高很多，連老師都這麼說了……

每次想跟爸媽說：「成績的標準，可以降低一點點嗎？」

你們都板著臉說：「絕對不行，因為妳可以！」

但是我心裡想：每次小考分數都這麼高，一到段考很緊張、題目又很難怎麼辦？

「那是妳努力得不夠，不要找藉口，自己要再多加油。」

你們都只在乎我的成績，每次學校要辦什麼活動的時候，你們就拿成績評量我能不能去參加，這點讓我很傷心難過，可是你們都不在乎！

爸媽都不聽我的話，我真的無法了解，只能在心裡想：算了，你們不聽就算了，反正我也不想再跟你們說什麼了。

不准頂嘴

陳建男／高二男孩

　　我跟媽媽的個性都是屬於很硬的那一類型，當兩把利刃互相砍殺，不會有一方被擊倒，反而會產生更大的火花。小時候，爸、媽總是告訴我：「不准頂嘴」，然而長大後，開始會因為一些見解的不同，讓我產生頂嘴的衝動，或許是因為我開始有了我自己的想法吧！

　　親子衝突往往源於親子間的觀念不同、溝通不良，導致衝突的發生。當親子之間的立場不同，就產生不同的看法，意見的分歧，造成摩擦。

　　我想每個人多多少少都會與自己的父母親有著不同的看法，當某個時間有一方的心情不好或是心煩的時候，可能沒有太多的耐性，就會造成一些不理性的溝通，造成衝突。

　　而我也不例外，我曾經是個交換學生，在陌生的國境闖

蕩了一年，或多或少，我想我自己都會有些許的改變，在了解國外的生活後，產生一些不同的看法，在處理事情的方法，有時也有不同的想法，然而，我跟媽媽的個性都是屬於很硬的那一類型，當兩把利刃互相砍殺，不會有一方被擊倒，反而會產生更大的火花。

我是個很不喜歡別人一直催促的人，但是媽媽有時候，就是會因爲一件事情一直催促我，而我就會產生不耐煩的情緒，當時我或許還有別的事情要做，或是有著比媽媽在催促更重要的事情待辦，心裡就會感到很煩人，或許因此就產生了一些不耐煩的詞句。

而媽媽總是說：「注意你的口氣！」

我非常地不喜歡她說這一句話，因爲我認爲溝通是雙方的，只是因爲單方面的緩和，是無法解決事情的，但是，說這句話的人是媽媽，我又能怎樣呢？

我跟家庭的相處時間算是最多的，所以難免會因爲一些雞毛小事而引起爭執。有次，我、我媽還有我們接待的交換學生一起到交換學生的學校去聽一場音樂會，我媽請我帶著我們家的交換學生到廁所去，但是我認爲這是他的學校，他應該比我了解地理位置，更何況我不知道廁所在哪裡，而且

當時我又有點累，不想移動自己的身軀，所以就拒絕媽媽，而媽媽就很不高興！

從那件事發生後，我跟媽媽大約有一個星期沒有講話，我曾嘗試去跟她說話，結束這冷戰，但是她就是不願意回答我，我也只好作罷。畢竟溝通是雙方的事情，她不願意，我又怎麼能去要她開口呢？不過，家人沒有永遠的誤會，時間會淡化一切的衝突，在暴風雨後，總是風平浪靜。在我最需要幫助的時候，家人永遠都是我最大的依靠。

成績是大部分家長會去要求的部分，不過我的爸爸媽媽卻不把成績看得那麼重，他們認為，讀書是我自己的事情，我需要對我自己負責，他們在這方面，不曾給我我壓力，有別於大部分的父母。

許多的父母，都對自己子女的成績要求很高，似乎活著的意義就是讀書，也讓許多的家庭因此產生了衝突，但我的父母就是那種在旁邊幫我加油，為我鼓勵的父母，所以在這方面，我跟我爸媽的相處就比其他家庭來得融洽許多。

從小爸爸雖然不會對我的成績採高標準，但是他卻建議我去考一些證照及檢定。像是小學時，爸爸就希望我快點將全民英檢考過，過了之後，他又希望我快點去考中級，甚至

是中高級，或許是出自於望子成龍的心情吧？

　　但是他忽略要先有一定的水準，才去報考更高層級的考試，而不是好高騖遠。不過因爲爸爸是家中的大家長，小時候我受到嚴格的家教，所以對他總是懷有一分敬畏的心，因此也只能默默地點頭了。

　　在別人身上所發生的親子溝通問題，不一定會發生在我身上，發生在我身上的溝通問題在別人眼裡，或許根本不是問題。親子之間的年齡有段差距，所累積的生活經驗以及思維也會有所不同。

　　所以造成溝通不良常肇因於立場不同，良好的溝通橋梁就是一個完美的潤滑劑，在彼此之間減少摩擦，防止火花的產生。我們都能跟朋友，甚至是跟陌生人做溝通，爲什麼我們卻不能冷靜下來跟自己的父母溝通呢？只要我們靜一靜，想一想，親子間的衝突，或許就能減少許多。

大人的話

胡思驥／高職男生

有些話衝了點，不好意思，因為到現在回想起來還是很不高興！

自從我從國小六年級畢業以後，可能是進入了大家所說的叛逆期吧，國一剛開學不到幾天，我就開始蹺課了，讀不到一個月就轉學，轉到了另一所國中。

轉學以後情況並沒有變好，先是跟之前一樣去了兩三個禮拜，就又開始沒去學校，到後來開始蹺家，一蹺家就是連續好幾天在外面遊蕩，回到家以後大人們開始圍在我身邊，開始像犯人似地質問我：「你是跑到哪裡去？你身上怎麼會有錢？」

到後來可能覺得沒辦法了吧，就又轉學，轉到了有宿舍的學校。

「會變好嗎？」這是我轉到那所國中的第一個想法。

呵，一樣，開學幾個禮拜以後，開始厭倦了那種生活，先是晚上的時候，趁大家做完晚操之後，翻了圍牆出去，再來是趁大家在晚自習的時候，偷偷溜了出去。在那之前，老爸有先跟老師（狗人）討論過，那時候我也在旁邊。老師（狗人）還再三強調，他不會把我的狀況在課堂上跟同學討論。

事實是有一次，我比較晚到學校，要進教室的時候聽到（狗人）在講我的事情，在外面聽了一會兒以後，原來他之前講的都是屁話！他在早自習趁我還沒到的時候，開始跟班上講我的壞話，說我是如何如何糟糕，說我在轉學過來之前，是如何如何……，好吧！我承認，我是很糟糕這是事實，可是（狗人）你有必要特別叮嚀同學們說，少跟我接觸嗎？

後來一樣，又是轉學！

我開始對那些滿嘴好話，可是背地裡做事情又是一套的大人，開始寒心，開始發現之前實在太傻了，其實大人的話聽進去以後，要在腦子裡再三地過濾、再過濾，轉學以後，這個學校，可能讀得久嗎？

一樣讀幾個月後又轉學了，轉學好像是我國一生涯裡面，最平凡的一件事情。雖然是最平凡的事情，可是卻讓我

走的很累，我很累、身邊的人也很累，可是國一的時候，不太懂事，常常以自己的觀點去做一些事情，不知道是我幸運，還是什麼的，在轉到了第四間學校以後，這裡的老師跟同學，人都很不錯。

雖然剛開始轉學過去，國二的時候還是一樣，請假、請假、再請假，不知道是老師太傻？還是人太好？最後國二下學期的時候，我開始慢慢懂得這些人的苦心，當然之前學校老師不算，他們從沒用過心！

在看到我的資料以後，一個個像甩燙手山芋一樣，只要我一請假，一逃學，馬上跟家長說：「這孩子，我教不了，麻煩請他轉學！」一間間學校轉下來，心也就寒了，我知道是我的問題，可是也不是我想這樣的。

在國二以後開始步上正軌，讓我知道其實校園生活，也沒有壞到那裡去！

後來開始轉變了，很神奇，我也不知道什麼原因？

最後我還是要跟一個人說謝謝，那就是我老爸，是他燃燒自己，照亮了我們家三個兄弟，我老爸他一人身兼母職，讓我現在想起國中的生活，還是感覺很愧疚，很對不起他，要是能坐時光機的話，我不是去買什麼大樂透，是去找那時

候的自己，痛扁自己一頓。

心聲

薩麥爾／大三男生

　　對於一個大學生來說，我知道這樣的自己，還有很多缺點，但似乎只要關係到家庭、父母，就有永遠解決不了的問題，至少，在每一次和父母的嚴重衝突之後，我都深深地這麼認為。

　　有一段時間，因為在學校發生了一些事情，所以心情一直不是很好，在這樣的情緒下，我對生活失去了部分動力，有了晚睡這個不好的習慣。

　　我需要一些時間獨處或做一些輕鬆的事，來幫助自己放鬆，但是一開始晚睡，隔天就很容易起不來並且遲到和曠課，對於父母來說，這當然是件不能容忍的事情。所以我每天早上都在他們吼叫聲中驚醒，當然心情就更加不好。

　　所以很多時候，我即使出了家門，也沒有去學校上課，只是一個人沉悶地四處晃蕩，覺得自己很難過，而我知道因

為他們這樣的態度，甚至有讓我興起更不想去學校的想法，在那段時間裡幾乎都是自己一個人，不想去學校，更不願意回家，只是一直尋找下個可以讓我晚歸的地方。

和多數父母親一樣，我的父母也會用成績來檢視我，當我不能達到他們的期望時，也同樣會遭受他們的責罵，每一次發成績單時，就像是暴風雨來臨的前夕，成績單發下來了，我被質問為什麼會考出這樣的成績？

我浪費了他們多少學費、補習費，浪費多少他們時間和精神在這些問題上，比較無法接受的是他們每次的吼叫：「直接去當兵算了！當完兵直接就業，領著那一點薪水，隨便你去怎麼過好了，我們所有的錢都被你浪費掉了！就憑你這樣也能在社會上生存？」

並且會用一種似乎是在預料的口吻，說著某人不努力而生活委靡困苦等等的事，或許我兩個年級被當三科，這在一般學生的的狀況不算嚴重；但對我的父母來說，這已經是可以嚴重到對我說出類似上述的言語。

我一直很納悶，現在應該是大部份學生都可以大學畢業，而我的媽媽似乎認為他們讓我大學畢業，就好像是他們在施予我的一種恩惠，我應該要好好感激這一切，感謝他們

給我的一切，而要達到他們的要求似乎永遠是那麼困難，他們永遠不會滿足。

　　有點久以前的一天晚上，國中同學利用即時通的會議功能在聊天，我加入了那次的談話，一開始都很好，直到有一個素不往來的人罵我髒話，我很錯愕，沒想到這個根本不怎麼接觸的人會突然這樣做？

　　他本來也是國中班上的人，我不知道是哪裡讓他對我不滿，他後續一直再用一些不堪入目的字眼侮辱我，已經嚴重到我想以法律控訴他，然而當時電腦中毒後剛修理回來，有一些設定沒有調整，讓那次談話的記錄遺失，事後我甚至和國中同學道歉，並且聯繫其中兩個同學，詢問他們的看法以及有沒有記錄到內容，無奈兩個人也沒有保存到，只是稍加安慰我後便沒說什麼。

　　而事情發生的時候我告訴了父母這件事，當時已經很晚，我希望他們給予我一些幫助並告訴我該如何是好？

　　沒想到，只聽到爸爸感覺被打擾地對我說：「你以後要是再用網誌或即時通這種東西，我就把電腦砸了！」

　　當時我在網路上的網誌被他看到，我有很多的抒發及心情的文章內容在上面，而他認為我在無病呻吟，便卯起勁來

責罵我，我很驚訝他說出這樣的話，當晚我獨自在房間裡，覺得世界上只剩下心寒。

更久的以前，我寫過信給我的父母，內容是關於在學校的一些事情，我用了我最大的力量及真誠寫好每封信，不管信裡我的要求或目標他們接不接受。在一個晚上，我經過他們房間，聽到一聲：「唉呀！無聊啦！」便從門縫裡看到媽媽把信撕掉丟到垃圾桶裡。

說話的人是我的爸爸，我不知道他們為什麼要這麼做，可能他們覺得沒有必要留下來了，或是他們已經處理完我的訴求？這是永遠無法得知的答案，我只有感受到，他們覺得那不重要。

外公外婆生日時，很多親戚會到餐廳一起慶祝，當然也包括了我們家，我和一個表姐一個表弟較為熟悉，便和他們一起聊天，餐廳裡的氣氛很好，大人們舉著酒杯談笑著，我用了黑人饒舌歌曲裡的一些字詞和表弟開玩笑，被我的媽媽聽到。

聚會結束，她從回程的車上，一直批評著這件事到回家，其實我的表姐和表弟私下是會說髒話玩笑的人，所以我認為我的玩笑對他們來說根本無關痛癢，是微不足道的小事情。

我媽媽好像是認為，我教了他們一些很不好的用詞，堅持與我對質，她說話的音量越來越大聲，但我覺得這很無聊，便沒有多加理會她，她狠狠的拍了一下桌子，我很憤怒，覺得這沒有道理，我拍了回去，她衝上來打我，用力打我的頭，拿椅子要摔我，被爸爸阻止，她往樓上的樓梯走，一邊說她明天就回娘家。我覺得實在沒什麼好說了，我只想離開這裡，我往大門的方向走去，聽著背後的吼叫聲：「你出去呀！你有本事你就不要回來，滾出這個家裡！」我離開家後直接去找朋友，後來再回家時，家裡一點聲音也沒有，隔天開始一段很長雙方都互不理睬的時間。

　　媽媽喜歡用一種較為霸道的方式和我相處，每一次的衝突都會帶來暴力或令人難以接受的言語，她似乎認為她賺來的錢全部屬於她自己，而不願意為我使用，當然我沒有要她一定要付出，可是每次爭吵她就一定會以此打擊我，另外不包括我不記得的，至今她對我說過至少五次要我滾出家裡。在我的想法裡，如果是嚴重到需要趕出家裡，至少是做了和犯法同等級或類似的事才會到這麼嚴重，我當然沒有犯罪犯法，也沒有做出什麼罪大惡極的事情，她這樣的口不擇言，其實我很難以忍受，她可以輕易地說出類似的話，以她的情

緒決定一切，她認為的，就是絕對的正確，我時常都覺得無法和她說話。

爸爸比起媽媽溫和，他叫我直接去當兵、離開家裡的次數大概一兩次，同樣不包括我不記得的，他對生活有一定的要求，前面說到的晚睡問題經常讓他生氣，也如同前面所說，我經常是在他的吼叫聲中出門。他很討厭遲到，如果生活不太衛生、過於髒亂，也同樣會引起他的怒氣，他會以一種長時間而令人厭惡的方式對我叫罵，很多時候我疲於和他的應對，他的說話方式和做事方式有時也讓我很討厭，他會交一些感覺低俗的朋友，在外面喝很多酒然後回家嘔吐，在大眾面前做一些奇怪的事。關於這一點媽媽同樣也會，他們會在陌生人面前大聲說話，經常說一些二三十年前的用語，一些我覺得聽起來很奇怪的字詞，在街上大叫我的名字，或是隨便問路人問題，另外每次爭吵罵完我後，隔天又好像沒事一樣和我說話，好像一切都沒有發生，這是許多最難以接受中的一點，和其他許多我同樣很討厭的行為。

很多事我明白自己也有不對的地方，但當衝突發生時，聽著他們的怒吼、叫罵、質問、威嚇，一切都是那麼令人憤怒，他們總喜歡將事情誇大，說一些他們認為的大道理，而

隨著手吵次數越來越多及時間越來越長，我已經不知道自己
是不是在應付他們，剩下的只有空虛和厭煩。

後記

我知道，我並不討厭他們

只是當現實的風暴來臨，一切開始失去控制

很多時候我只能選擇沉默

不是我不願意坦白

只是我不知道說出來能夠得到幫助

還是更多的失落

世界依然險惡

我用我的身體抵擋一切

我需要有人指引前方的道路

我會睜大眼睛，好好看清楚

我很明白

這不是關於一個人，而是關於一個家庭

或許我還能愛

還有能力去愛

我仍然期望

未來的某一天，我們還會很好

如同當初的我們那樣

那樣的純粹而自然

黑臉 & 白臉

王郁婷／大四女孩

有時父母較難放低身段，更別說我們家的黑臉白臉。

我與妹妹都是愛「講道理」之人，如果我們被告知這件事是不被允許的，必須告訴我們原因與結果，因我們凡事求公平。

正所謂「家家有本難念的經」，相信每個人都感同身受。

每個家庭，每個人都有自己該扮演的角色，大家環環相扣，互相體諒與包容，創造一個快樂精采的生活。

就從我這個角色開始說起，我是扮演大女兒，「小大人」的稱號從小就跟著我，在我下面還有一位就讀高三，不知天高地厚而快樂每一天的妹妹，爸爸為了五斗米折腰而辛苦工作每一天，至於媽媽，是全職上班族兼職無敵家事王，在忙碌工作之餘，還能利用有限的時間把家裡打掃得一塵不染，當然她也只是發號司令，負責執行的還是我與妹妹。

　　說起我爸媽，還眞是天生一對，爸爸是軍人，從小對我們的教育非常嚴格，代號「黑臉」。而媽媽是護士，擁有無止境的耐心，可惜不是用在我們身上！但媽媽賞罰分明，如果表現不錯，凡事都有商量的餘地，所以她的代號「白臉」。不難看出，在我家這兩個臉就是全世界。

　　從小，媽媽讓我們補習學才藝，從畫畫、珠算、心算、英文、作文、鋼琴、游泳，甚至怕我吃太多而送我去學跳舞，沒想到適得其反，因爲跳完餓了反而吃更多，現在想想也不知道是好？是壞？

　　那時，國小每天放學就趕著去補習，滿滿的才藝課讓我感到媽媽對我滿滿的期待。可是，媽媽似乎忘了給我喘息的空間，也忽略了這些眞的是我喜歡的嗎？記得以前鋼琴老師很兇，只要稍微出錯，手指就挨一頓打，久而久之也減少了我對鋼琴的興趣，但媽媽卻一昧的認爲我想偷懶而不想去上課。

　　因此在我的童年裡，學鋼琴就是我的夢魘。很多父母，總是對孩子的未來，有著滿滿憧憬，從小栽培自己的寶貝成爲人上人，替孩子想好往後的出路，但卻也忘記問問你的心肝寶貝，這眞的是孩子要的嗎？孩子快樂嗎？

再舉一個我妹妹的例子,她從小無憂無慮,到了現在還是一樣悠悠哉哉過生活。即將升大學的她,也不清楚自己志向在哪?導致我家的黑臉白臉都很緊張,深怕她毫無憂患意識,有天無法獨立養活自己,便開始積極地與妹妹討論日後升學方向。

妹妹只有對「吃」有極大的熱誠,但話說誰沒有呢?誰不想嚐盡天下美食?因此媽媽在考慮過她的個性之後,不贊成妹妹往餐飲方面發展。因為遲遲沒有方向,白臉著急地帶妹妹去做「皮紋檢測」。

這是一個透過掌紋腳紋來分析人格性向的測驗,希望藉由這樣的分析,能提供妹妹一些方向。綜觀妹妹的測驗結果,顯示妹妹不適合辦公工作,喜歡每天接觸不一樣的人事物,而妹妹最後竟說出她想考警察,成為一名稱職的人民保母,黑臉白臉聽到這個讓他們傻眼的消息,一樣二話不說的否定了這個提議。而我那天真的妹妹,現在仍持續搜尋她的人生志願中。

另一個讓我印象深刻的,就屬我家那種「權威式」的教育方法:黑臉說一就是一,我和妹妹只有點頭的份,抑或是從小我們被嚇唬慣了,從不懷疑爸媽說的是否正確,其實懷

疑了也沒用，都說是「權威教育」了。這樣的成長過程很難去定奪到底是好？是壞？

　　好的是，小孩很乖很聽話，比較不叛逆；但缺點是，孩子缺少了很多獨立思考的機會，因為你已經在無形中，用你的觀點，替寶貝們決定了所有事。我深深覺得，給小孩有成功與失敗的機會是非常重要的。

　　我長大後發現，有時我會害怕獨立去做一個很簡單的決定，我不知道這個決定是好是壞？也害怕萬一失敗了怎麼辦？更別說從錯誤中學習。然而，這個缺點，我靠自己在成長過程中慢慢摸索已改變過來。

　　「家，是永遠的避風港」，這句話真是說到心坎兒裡。我想，我家的避風港，應該是全世界最堅固的吧，因為我家的白臉，自幼就把我們保護得無微不至，從不出入複雜場所，禮貌家教面面俱到。我們唯一要做的，就是好好讀書，將來成為一個有用的人。

　　相信不少人也跟我一樣，有著類似的成長背景。然而，很多事都有正反兩面，正面來說，除了休閒娛樂外，好好讀書就是你的本份，而反面呢，在我升大學去外地讀書後，深深地感受到了。

　　大學之前住在家裡，沒有所謂的夜生活，逛街、逛夜市就是我的夜間活動；大學之後，我人生的第一次夜唱，對我來說真是意義非凡啊，很不可思議對吧？有很多事情都是我第一次經歷，也開始體會一個完全截然不同的生活。

　　當然，外面的誘惑也很多，所以自己一定要很清楚地知道界線在哪，保持警覺也是很重要的！

　　終於脫離井底之蛙的世界，有好多東西等著我去探索，參加學校的社團、打工、與朋友計畫旅行等等，這時的我深刻體會到「人生二十才開始」。所以有一段時間較少與家裡聯絡，導致媽媽有些不諒解，在溝通的過程中，也因缺乏傾聽，造成越滾越大的誤會。

　　而媽媽近年來正好碰到最難熬的「更年期」，脾氣變得很大之外，情緒也有些不穩，連原本家中最大的「黑臉」都要退讓三步。脾氣鴨霸的「白臉」開始對我發動「碎碎念」的攻擊，對於我做的每一件事都要發表意見，從日常生活小事開始，沒有任何一件事可以逃出她的嘴吧，這使我非常困擾，卻不知該如何是好，情況持續了一陣子仍然沒有好轉。

　　最後多虧了幾位媽媽身邊的好朋友，對媽媽的鼓勵，和從中幫助我與媽媽溝通，這樣子的過渡期也慢慢過去了，總

算等到了撥雲見日的這天。經過這件事之後，我漸漸發現，其實很多時候，父母要的只是一份關心的感覺。

有次白臉答應妹妹如果考試成績達到標準，就可以養狗。而這個條件成為妹妹當次段考努力讀書的動力，最後妹妹達到標準了，白臉卻以阿公阿嬤反對為由而反悔，妹妹當然非常生氣且不諒解，最後連我一起加入戰局，積極爭取養狗的我也掃到颱風尾。

我們皆對於這件事非常無奈與不解，既然當初談好的條件，怎能說反悔就反悔呢？我想媽媽也從這件事知道，父母的身教重於言教，從一件小事情，即可以建立起親子之間的互信關係，「言出必行」是永遠不變的道理。雖然這件事最後不了了之，但自此之後，卻也沒再發生過相同的事情。

關於我們家「黑臉」，一定要給他點個「讚」啦！

從小他對我們的嚴格讓我不敢領教，但爸爸默默為我們付出的這一切，也是成就我家避風港的幕後功臣。在我印象中，黑臉幾乎沒有當面稱讚過我們，但是我們都了解，在他心中非常以我們為傲。

有次從爸爸與親戚的談話中，開心地講述著我們申請到獎學金與在課業方面的表現，字字句句都是驕傲與欣慰。在

我們生活中，愛的表現方式有許多種，也感謝黑臉的付出，讓我們能在求學過程中，毫無後顧之憂，在我們心中，黑臉永遠是最愛我們的爸爸。

我們常聽到這句話「愛要即時表現、愛要即時說出」。然而，越長越大的我們，常常因面子關係或是害羞而不敢表現，這份單純簡單而無價的愛值得我們珍惜，就像「愛的眞諦」這首歌中的歌詞一樣，「凡事包容、凡事相信，愛是永不止息。」

我知道你是愛我的，
可是……

鄧仔珊／研究生

我知道你是愛我的，我也是愛你的，可是——

你可不可以仔細聽聽我到底想說什麼呢？

小時候這樣子的問題，常常出現在我心中，我想：

也許是我不懂得表達，所以你聽不懂？

也許，是你太忙了？

還是，是我其實不可以有這樣的感覺呢？

還記得小時候，你牽著我的手上幼稚園，雖然只有短短的幾步路，但你總會看著我進去教室裡，揮揮手與我道別，但我總是無情地轉身就走，不過，你不知道，但其實我都在偷偷地注意你。

我還記得有一天，你因為要出差，所以送我到幼稚園就匆匆忙忙地離開，那天晚上我跟你鬧了彆扭：「你沒有等

我！」

　　你沒回答，因為你在看報紙，所以沒聽到吧？

　　這就是我與你人生中的第一次溝通對話，不成立。

　　這也沒什麼大不了的，不過就是小時候的幼稚和霸道，我接受。只不過，不成立也不止一次，其實應該說是常常。

　　隨著時間的增長，似乎很多事情你不能接受，你的想法我也覺得極端。從一上小學起，我一向是個名列前茅的孩子，但我總搞不懂，當我歡歡喜喜地拿著獎狀回家時，回應總是不如我預期。

　　「爸！我這次是第三名耶！」

　　「沒什麼！等你到了下學期拿前三名才厲害！」

　　這是第一次，到了下學期：「爸！我這次是第三名耶！」

　　「沒什麼！等你到了高年級拿前三名才厲害！」

　　當我到了高年級時，我拿了第一名回家，此時的心中充滿了榮耀，我想，終於到了高年級了！一回到家馬上拿出獎狀跟我爸說：「爸！我這次是第一名耶！」

　　「沒什麼！等你到了國中拿前三名才厲害！」他輕描淡寫地說。

　　於是我就默默地回去房間，我沒有爭吵沒有哭泣，也不

懂自己為什麼失望。嗯，真是個不好的回憶。

　　不過到現在回想起這幾段對話，心裡的 OS 是：「為什麼你總不懂？我要的只是你一句的讚美呢？」所以，我的溝通失敗，你不懂我要什麼？可能是我太苛求你了。

　　在一個傳統父權生長下的父親，有一個賢淑懿德的母親，共同組織了一個除了自己全都是女性的家庭，這個家庭的侷限真的很多：因為爸爸就是總統，我家就是總統府，他的話就是法律，我們就像黨外的積極抗議分子，不停地想與總統爸爸鬥爭。

　　對，我們說的話總統會聽到的，但是他的決定的彈性程度很小，而真正能夠施行下來的程度，如同隔靴搔癢，所以決定幾乎可以說是維持不變，久而久之，總統不再是總統了，他變成了皇帝。

　　皇帝的作風完全表現在我的大學志願上。有一天當我回家時，我爸爸已經麻煩我妹妹做點手工：把他覺得可以接受的學校與科系影印下來，照他的話排序剪貼！

　　對，這就是我的大學志願表。不甘心的我詢問為什麼？

　　他的回答是：「沒有為什麼！照我的話就對了！」

　　在當下我也不知道為什麼，可能是出於信任，所以問他

說：「那我可以自己排一個嗎？」

他也算是大方：「好！」不過要經過他同意。

雖然十分不情願，不過我的人生方向，可能大致就底定了，而決定的時候我是有反應的，所以，我也要負責，因爲如果我眞的不喜歡這個方式的話，我應該要更積極一點。所以在當下，我承認我有與他達到共識，雖然好像與我想像中的有點不太一樣。

還記得放榜那天我母親知道我要到埔里讀書時，語帶哽咽地說：「怎麼辦？要去哪麼遠讀書！」然後開始一邊吃飯一邊啜泣。

我承認我的媽媽是比較戲劇化，不過也多虧了她，我人生也不至於到完全黑白的程度。因爲父親的惡行，是要說也說不完的，因爲他的獨斷，打壞了我們可以溝通的管道。

就像是城堡裡的國王，當他心情好時，才願意放下橫跨護城河的吊橋。而我的媽媽就像是一個貼近民生疾苦又慈悲爲懷的皇后，每每當我們與父親有衝突的時候，都扮演了一個調停的角色。她的幽默和風趣和爸爸形成了強烈的一種對比，但不論是多麼幽默風趣，她與我們仍有溝通不良的問題。

我了解，對父母來說，小孩永遠是小孩，所以永遠放不

下心，但對於已經二十幾歲的我們來說，我們覺得自己已經不是小孩了，我們已經在外求學生活一段時間，大小事的應付已有一定的能力。

所以，可以請你不用每天打電話來叮嚀：「你吃飯了嗎！要刷牙喔！要洗澡喔！不要熬夜！」經典！為什麼要打電話來叮嚀這些這情呢？

我同學也不懂、我也不懂。她一通又一通，我一次又一次「溝通」，她終於聽進去了！當我開始發現，她已經漸漸減少了這類型的電話時，心中的不禁喜悅，我想我對他的溝通催眠方式終於成功了！

隨著年紀的增長我慢慢地發現，其實他們不是不能溝通，可能他們有他們的顧慮、他們的想法，再加上他們有他們的尊嚴、他們有他們的經驗，反過來看，我們都是一樣的啊！

我們有我們的想法、我們的經驗，所以我們各執一方、各說各話，這樣聽得進去的又是誰呢？我們只想說，沒有人要聽，我們想的、和說的，當然沒有辦法串聯。

所以所以也許不是父母不能溝通，而是可能我們自己的方式也有問題。

　　不只是他們，不只是自己，甚至對朋友，我們在相處的時候，要如何與他人溝通，能讓別人眞的了解我想要說的？眞的有可能是表達不好，有可能是時機不對，但不論如何，我覺得不可以放棄任何溝通與學習溝通的機會，嘗試任何的溝通可能性與方式。

　　不過，我承認，父母的確是，一對棘手又可敬的對手！

世代之間

王昱茹／國中老師

親子溝通是每個家庭都必修的一門課題，也是一項沒有正確解答的問題。

原生家庭中，我有一姐一弟，恰好代表了常見的親子溝通方式。我的姐姐是處處跟家人唱反調的叛逆分子，我其實很羨慕她，總是可以很直接的說出她的想法，但對家人而言，她是個無法壓制的炸彈。

我弟弟是個相應不理的無聲過客，無論家中有任何狀況，因為老么的身分都可以一一赦免，以前的我會跟著呵護他。現在的我，則是心中很有自己想法的中間協商者。

以前的世代，父母是被無條件尊重的長輩，孩子是無聲的追隨者，若有意見就是頂嘴、叛逆。因此孩子常成了沒主見的人，或有很強自主性的人。我的姐姐、弟弟，就是很經

典的代表，以至於父母也無法很明確知道孩子的內心想法？

　　我是個六年級生，恰好身處在兩個世代中。我努力扮好肩負著傳話、過濾重整的垃圾桶及消音者，將該傳達的意思轉達；把所有人的意見整合；聆聽別人都不想聽的部分，然後，適時的遺忘。

　　長大後，才發現隱藏是個笨辦法，家人間根本沒有雙箭頭的對話，只有單向的傳話。家人的關係並不親密，這讓溝通更加困難。而我的母親對待我們三個孩子的方式都不同，對姐姐是嚴屬的指正，對弟弟則是不斷的勸戒，對我則是因事而異。偏心的對待讓彼此對話越來越少，家人間的關係疏離。慶幸的是，在我的小姪女出生後，因為她，家人再度牽起溝通的機會，現在的我們，正努力讓彼此間的這條線，聯繫成溝通的道路。

　　現在看八年級生的親子溝通，家長們大多是經歷「父母是要無條件尊重的長輩，孩子是無聲的追隨者，若有意見就是頂嘴、叛逆，只有絕對的服從才是乖巧小孩」的年代，加上少子化的現象，家長都希望能給孩子一個充滿愛、尊重及像朋友般無界限的相處模式。

　　因為自身已經歷過較權威的溝通方式，家長都希望不要

再像自己的父母一樣對待孩子，可惜的是，許多家長大都不知怎麼拿捏界線，往往成了過度溺愛、或權威式的民主，讓孩子覺得自己的父母根本不了解自己。

　　孩子想表達想法時，家人卻說是在頂嘴；若沉默不應，又成了態度不好。

　　而父母們想跟孩子們談心，卻又會不知不覺拿出長輩的權威。其實，父母們不知不覺中，重複了以前父母的權威式做法，但內心又很想民主化，兩相拉鋸下，卻讓孩子們無所適從了。

　　一方想開啓溝通之門卻找不到適當的鑰匙，一方是敞開溝通的大門卻在一次次的失敗下築起高牆。兩方都以爲彼此的溝通是雙向的，事實上卻是虛線式的溝通，只有想法雙向但做法卻是單向的。因此，雙方最需要的是一個媒介爲他們畫上實線，使對話與內心能一致達成真實的溝通。

　　不論是過去還是現在，親子間一直都希望能將彼此內心中，真正的想法闡述出來，只是大多都是找尋不到適當的方式，只好不斷的沿用父母親對待自己的模式。值得開心的是親子兩方都不斷的在成長、摸索，只要不放棄或是關起心房，彼此間的關係，就不會疏離，終有能聚焦暢通的一刻。

自我探索人形圖

國家圖書館出版品預行編目資料

一言九頂．親子過招 / 饒夢霞著 ;
-- 初版. -- 臺北市：大塊文化, 2011.01
面；　公分. --（Smile ; 98）
ISBN 978-986-213-222-7（平裝）

855　　　　　　　　　　99024958

LOCUS

LOCUS

LOCUS

LOCUS